1本就通
國中英文文法

全MP3一次下載

http://www.booknews.com.tw/mp3/9789864542697.htm

iOS 系統請升級至 iOS 13 後再行下載，下載前請先安裝ZIP解壓縮程式或APP。
此為大型檔案，建議使用 WIFI 連線下載，以免占用流量，並確認連線狀況，以利下載順暢。

序言

大家好，我是長澤壽夫。

感謝您購買這本書。

要能夠打好英文基礎，並敢於開口說英文，最重要的一件事就是，掌握國中或初中階段的英文文法。

基於這個事實，我已出版超過 120 本與初中英文相關的學習書籍。

而且我在日本出版的書籍，都會隨書夾帶一份提問卷（這會附在每一本書的最後，讓讀者們可以直接對我提出問題，而我會以電子郵件、書信、傳真或電話的方式回覆廣大讀者們的問題。）

當我看過來自全國各地的「提問」內容，了解到很多人提出的都是和學習英文的困難點有關。一般都會反映說，「當我只是一個人埋頭苦讀英文時，就算我怎麼努力還是學不好英文。」

當你要開口說出自己的母語時，基本上大家都可以想到什麼就能立刻說出什麼。

同樣地，如果我們想要精通英文的話，應該也必須能夠在各種情況下迅速或立即地脫口而出，而不是在當下還要考慮一些文法結構等的複雜概念。

所以我在本書中，將初中時期大家都學過的文法，用 87 個句型來呈現。你只要可以熟悉並經常大聲唸出這 87 個句型，基礎的英文文法就自然而然刻劃在你的腦海裡了。

本書中的每一個句型都附上貼近中文語意的中文翻譯，以及這個句型的使用場合及重點說明，讓讀者在一開始就能覺得很容易掌握。另外，如果你能大聲唸出，多唸幾次，你會自然而然地將中文轉換為英文。讓我們一起來駕馭英文文法吧！

最後，送給您我最愛的一句話：
「開心學習，在學習中享受樂趣。」

長澤壽夫

本書使用方式

　　本書是藉由基礎英文句型來學習英文文法的練習本。在第一章中，您將學習到英文句構的六大法則。在第二章中，您將藉由 87 個句型來精通基礎英文文法。最後，透過測驗練習題，讓您前面所學過的基礎更加穩固。

　　「使用方式」這部分將針對第二個章節做說明。

❶ 認識基礎句型

首先，了解與文法有關的基礎句型。

❸ 字詞練習

針對以下 6 個翻譯練習題，先熟悉一些重要的字詞吧！

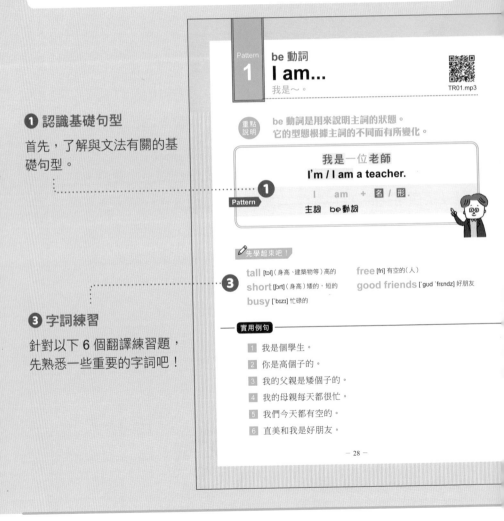

Pattern
1

be 動詞
I am...
我是～。

TR01.mp3

重點說明　be 動詞是用來說明主詞的狀態。
它的型態根據主詞的不同而有所變化。

我是一位老師
I'm / I am a teacher.

❶
Pattern

I　　am　+　名 / 形 .
主詞　be動詞

先學起來吧！

tall [tɔl]（身高、建築物等）高的
short [ʃɔrt]（身高）矮的，短的
busy [ˈbɪzɪ] 忙碌的

free [fri] 有空的（人）
good friends [ˈgʊd ˈfrɛndz] 好朋友

實用例句

1. 我是個學生。
2. 你是高個子的。
3. 我的父親是矮個子的。
4. 我的母親每天都很忙。
5. 我們今天都有空的。
6. 直美和我是好朋友。

— 28 —

❷ Point 提供關鍵重點。

Point 這部分讓您可以了解更多與這個句型有關的文法，以及如何透過此句型套用替換，衍生出更多句子。

Contents

Chapter **1**

6 大法則

1
英文是一種符合
投接球法則的語言

　　以肯定或否定句來說，英文和中文一樣，都不需要看到或聽到句子結尾才知道。

　　儘管如此，英文和中文的句子，還是有很大的差異，中文會說「**我不是…**」，但英文卻是「**我是不…**（I am not...）」。

　　如果有人問你：「你知道誰是老師嗎？」，問題就來了。

　　藉由回答這些問題時，我們可以**學習到真正正確的英文**了。這就所謂「英文句子的投接球」法則。

以下是根據前述法則，以中英對照的方式呈現。透過「我」和「你」的各別說話角色，在一個句子裡依序將英文字詞擺出來。

例 我認識在那裡游泳的那男孩。

（我） 我認識　I know
（你） 誰
（我） 那個男孩　that boy
（你） 他在做什麼
（我） 正在游泳　swimming
（你） 在哪裡游泳
（我） 在那裡　over there

答案　I know that boy swimming over there.

如同以上順序組成的一個句子。如果你知道每一個英文字詞的意思，就可以知道這個英文句子的中文解釋。

這裡要注意的是，可以擺在一起的東西（形成一個群組）就要盡量擺在一起，把它們想成是一整個東西。

例 誰　　× that
　　　　○ that boy － 使其成為一個有意義的群組

2

「蒼蠅、蜻蜓、燕子」法則

當同個種類（詞性）的字依序擺在一起時，要從「**最小**」的先放，**最後才放**「**最大**」的，這就是「**蒼蠅、蜻蜓、燕子**」法則。

例

中文的語順	兵庫縣	丹波藤山市	東岡屋 49
	燕子（大）	蜻蜓（中）	蒼蠅（小）
英文的語順	49 Higashiokaya	Tamba-Sasayama	Hyogo
	蒼蠅（小）	蜻蜓（中）	燕子（大）

當我撰寫本書的手稿時，收到田上達夫教授（居住加拿大）寄來的包裹，上面寫著下面這一行字。

49 Higashiokaya Tamba-Sasayama Hyogo, Japan

是的，這句子符合上述「蒼蠅、蜻蜓、燕子」法則。

先吃掉小的再吃掉大的吧

— 16 —

我們就來實際運用「蒼蠅、蜻蜓、燕子」法則吧！

我昨天早上六點起床。

翻譯這個句子時，我們首先要想到的是「英文是符合投接球遊戲法則」的語言。

我起床　　在何時　　昨天　　早上　　在六點

我起床　　**在何時**　　昨天　　早上　　在六點
I got up　　　？　　　？　　　？　　　？

> 運用「蒼蠅、蜻蜓、燕子」法則來處理同類型（時間）的文字

因為「在何時」似乎是個副詞，所以我們要先來探討一下副詞的用法。

「**副詞 = 介系詞 + 名詞**」這是很容易記住的事情。

現在就用「蒼蠅、蜻蜓、燕子」法則來思考「昨天（yesterday）、在早上（in the morning）、在六點（at six）」怎麼擺。

在六點　　**何時的**　　在早上　　**何時的**　　在昨天
　at six　　　　　in the morning　　　　　yesterday
蒼蠅（小）　　　蜻蜓（蜻蜓）　　　　燕子（大）

然後你可以寫出一個完整的句子了。
I got up at six in the morning yesterday

不過，你也可以這麼說。

在六點　　**何時的**　　昨天早上　　**使其成為一個有意義的群組**
　at six　　　　yesterday morning

3

副詞的「畫龍點睛」法則

在英文裡，會先說「誰將要做什麼。」

有時候直接這樣講不會有什麼問題，但有時候你會想再添加更多資訊進去。

如以下例句所示，這是個**完整句意的句子**，如果加入**副詞**的話，還是很容易可以了解句意。

例 我昨天遇到東尼。

我遇到	誰	東尼
I met		Tony.

就以上這句來說，句意已經是完整的了，所以任何再添加進去的資訊，也就是副詞（片語）的部分，就算是補充資訊了。也就是說，這裡的「昨天（yesterday）」就是個表時間的**副詞**。

I met Tony 何時 昨天 **yesterday**.

此外，請記住**「副詞 = 介系詞 + 名詞」**的規則。

例 我在東京車站遇到東尼。

我遇到	何人	東尼	何處	在東京車站
I met		Tony		at Tokyo Station.

介系詞+名詞

作為補充資訊的功能性字詞

1. 單一字彙作副詞

2. 兩個字以上的副詞片語　「介系詞＋名詞」就是個例子！

連接詞 **+** 主詞 **+** 動詞 **=** 副詞子句

副詞

在這裡 **here**　在那裡 **there**　現在 **now**

昨天 **yesterday**　今天 **today**　明天 **tomorrow**

副詞片語

在那裡 **over there**　在這裡 **over here**　乘車 **by car**

騎單車 **by bike**　搭公車 **by bus**　在早上 **in the morning**

在下午 **in the afternoon**　在晚上 **in the evening**　在夜晚 **at night**

在東京 **in Tokyo**　在伊丹機場 **at Itami Airport**

副詞子句

如果明天下雨 **if it rains tomorrow**

當你抵達東京時 **when you arrive in Tokyo**

例 如果明天下雨，我會待在家。

I'll stay home **if it rains tomorrow**.

If it rains tomorrow, I'll stay home.

記住這個重點

在表示未來事件的副詞子句中，動詞的前面不能放助動詞 will（必須以現在式代替未來式）

4

Come here now. 法則

當兩個具補充說明功能的副詞擺在一起時，一般來說都會以「**地方 + 時間**」的順序擺放。

例 現在就過來這兒。

Come <u>here</u> <u>now</u>.
　　　地方 時間

如果你會搞混時間副詞與地方副詞的順序，就記住這個法則吧！現在，我們將以下中文翻譯成英文吧！

例 我的父親昨天來這裡。

　　我的父親來　　　　昨天　　　這裡
My father came　 yesterday　 here

如果你依序逐字翻成英文，寫出來就變這樣了。

這也是為什麼我們要記住「Come here now.」法則了。

因為 yesterday 和 here 都是具補充說明功能的副詞，請以「**地方 + 時間**」的順序擺放。

例 My father came <u>here</u> <u>yesterday</u>.
　　　　　　　　　　地方　　時間

即使是「**介系詞 + 名詞**」（**副詞片語**）的情況，也適用「**Come here now. 法則**」。

例1 我父親現在正在廚房煮飯。

我父親正在煮飯　　+　　在廚房　　+　　現在

My father is cooking + in the kitchen + now.

地方　　　　　時間

例2 我星期天去了丹波藤山。

我去了 +　　丹波藤山　　+　　在星期天

I went + to Tamba-Sasayama + on Sunday.

地方　　　　　時間

不過，如果**有必須特別強調的字詞**，可以擺在句子的開頭。

例 星期天時，我去了丹波藤山。

On Sunday I went to Tamba-Sasayama.

時間　　　　　地方

5

that running boy 法則

形容詞用來修飾名詞。我們要記住兩種經常使用的情況。

① **the / that** ＋〔**1** 個單字〕＋名詞
　　　　　　　　形容詞
② **the / that** ＋名詞＋〔**2** 個單字以上的字詞〕
　　　　　　　　　功能性的形容詞

例1

那個「正在跑步的」男孩

that〔running〕boy

「正在跑步的」用來修飾表「人」的名詞（boy），因為用**單一個字**即可，所以使用**第①個句型**。

就這個例子來說，無論是「正在跑步的那個男孩」，或是「那個正在跑步的男孩」，都可以用 **that running boy** 來表示。

例2

那個「正在打網球的」男孩

that boy〔playing tennis〕
　　　　　　1　　　2

「正在打網球的」用來修飾表「人」的名詞（boy），因為要用**兩個單字**才能修飾，所以使用**第②個句型**。

💡 這個重要！

　　如果要用兩個以上的單字來補充說明一個名詞，可以**將句子的動詞拿掉**，形成一個**後位修飾的形容詞片語**。

---

① **be** 動詞＋動詞 **-ing** ＝ 表達「（主動）正要去做～」的一個完整句子

② **be** 動詞＋動詞的過去分詞 ＝ 表達「被～」的一個完整句子

　　關於這些句子的翻譯，也可以將這**兩個句型中的 be 動詞拿掉**，利用上述 that boy 法則（用兩個以上的單字）來修飾一個名詞。

例1 那個男孩正在那裡游泳。　　完整的英文句子

That boy <u>is</u> swimming over there.
　　　　be動詞

「正在那裡游泳的」那個男孩　　名詞詞組

that boy〔swimming over there〕

例1 這支手錶是在日製造的。　　完整的英文句子

This watch <u>was</u> made in Japan.　　made 是 make 的過去分詞
　　　　be動詞

這支「在日製造的」手錶　　名詞詞組

this watch〔made in Japan〕

6

名詞的集體運作法則

　　有些名詞無法單獨使用，必須連同其他字使用才行。

　　比方說，當你要使用 book（書本）這個名詞時，一定要在它前面放一個可以修飾這個名詞、作為形容詞功能的字。

例 這本書很有趣。
　　✕ Book is interesting.
　　○ The book is interesting.

必須和名詞同時使用的基本表現

這本書	**this** book
那本書	**that** book
這／那本書	**the** book
一本書	**a** book　　在疑問句或否定句中要用 any
一些書	**some** books
許多本書	**many** books = **a lot of** books
我的書（一本）	**my** book
我的書（有兩本以上）	**my** books
這些書	**these** books
那些書	**those** books

還有一些和名詞合併使用的字，請務必將這些用語記起來喔！

記下這些用語，考試 100 分！

任何一個男孩	**any** boy
每一個男孩	**every** boy
每一個男孩	**each** boy
所有的男孩	**all** boys
所有這些／那些男孩	**all the** boys
大部分學生們	**most** students
幾乎所有的這些／那些學生們	**almost all the** students
大部分的這些／那些學生們	**most of the** students
這些／那些學生們其中一位	**one of the** students
這些／那些學生們其中兩位	**two of the** students
這些／那些學生們其中幾位	**some of the** students
這些／那些學生們其中很多位	**many of the** students

筆記欄

用 87 個句型征服英文文法

be 動詞
I am...
我是～。

TR01.mp3

 重點說明

be 動詞是用來說明主詞的狀態。
它的型態根據主詞的不同而有所變化。

我是一位老師
I'm / I am a teacher.

Pattern

I   am   + 名 / 形 .
主詞   be 動詞

✏️ 先學起來吧！

tall [tɔl]（身高、建築物等）高的

short [ʃɔrt]（身高）矮的，短的

busy [`bɪzɪ] 忙碌的

free [fri] 有空的（人）

good friends [`gʊd `frɛndz] 好朋友

實用例句

1. 我是個學生。

2. 你是高個子的。

3. 我的父親是矮個子的。

4. 我的母親每天都很忙。

5. 我們今天都有空的。

6. 直美和我是好朋友。

Point

● **be** 動詞（是～）——— 代表「等號（＝）」這個符號。

用於「**be** 動詞 ＋ 名 」的形式。

形

● **be** 動詞（是～，存在～）

通常用於「**be** 動詞 ＋副」的形式。

介 ＋ 名

例 我在丹波篠山。

I'm in Tamba-Sasayama.

be動詞　　介系詞＋名詞

主詞	be 動詞	可數名詞
I	am	a / an ＋ 名
You（你）	are	a / an ＋ 名
1人	is	a / an ＋ 名
2人以上	are	名 s
You（你們）	are	名 s

▷ I'm / am a student.

▷ You're / are tall.

▷ My father's / is short.

▷ My mother's / is busy every day.

▷ We're / are free today.

▷ Naomi and I are good friends.

Pattern 2

be 動詞的否定句

I am not...

我不是／沒有～。

TR02.mp3

重點說明 若將 not 放在 be 動詞後面，
就形成一個表示「…不是／沒有…」否定句。

我今天沒空。
I'm/am not free today.

Pattern ▶ I'm not + 名 / 形 .

✏️ **先學起來吧！**

today [tə`de] 今天

hungry [`hʌŋgrɪ] 飢餓的

doctors [`dɑktə-z] 醫生

either [`iðə] 也… ※ 用於否定句中

here [hɪr] 在這裡

實用例句

1 我今天並不忙。

2 我不餓。

3 東尼不是一位醫生。

4 我們也都不是醫生。

5 直美不在這裡。

6 幸子與智子也不在這裡。

● 記住「主詞 + be 動詞 + not」的縮寫形式

I am not ＝○ I'm not ＝ × I amn't

You are not ＝○ **You're** not ＝○ You **aren't**

He/She is not ＝○ **He's/She's** not ＝○ He/She **isn't**

💡 記住這個重點！

在不同的部位縮寫，句意上會有些微的不同。

🔘 **(a) Tony** isn't **tall.**

> 對於「東尼是高個子的人」這整句予以否定。

(b) Tony's not **tall.**

> 對於「高個子的」這部分予以否定。

就語意上來說，**(b)** 這個句子的否定語氣比 **(a)** 還要來得更強。

▷ **I'm not busy today.**

▷ **I'm not hungry.**

▷ **Tony isn't a doctor.**

▷ **We aren't doctors, either.**

▷ **Naomi isn't here.**

▷ **Sachiko and Tomoko aren't here, either.**

Pattern 3

be 動詞的疑問句

Are you...?

你（們）是～嗎？

TR03.mp3

重點說明 將 be 動詞與主詞的位置對調之後可以形成一個問句。這是「be 動詞疑問句」的句型。

> ### 你餓了嗎？
> ## Are you hungry?
>
> **Pattern** ▶ Are you + 名 / 形 ？
> be 動詞　　主詞👤

✏️ 先學起來吧！

thirsty [ˈθɝstɪ] 口渴的　　　　Japan [dʒəˈpæn] 日本

caregiver [ˈkɛrɡɪvɚ] 受僱照顧孩子（或老弱病殘者）的人

from [frɑm] 來自～　　　　there [ðɛr] 在那裡，有

實用例句

1 你口渴嗎？

2 你今天忙碌嗎？

3 東尼是一位老師嗎？

4 直美是一名看護嗎？

5 你（們）是從日本來的嗎？

6 幸子和智子在嗎？

● 像是「⋯是⋯嗎？」的問句，我們稱之為「疑問句」。

● 當你要表達一個疑問句時，將句尾語調稍微往上拉。

be 動詞	主詞	後面可以接的字詞。
Is	1 人	hungry 形 teachers 名
Are	2 人以上	there 副 from Japan 介＋名
Am	I	
Are	you	

▷ **Are you thirsty?**

▷ **Are you busy today?**

▷ **Is Tony a teacher?**

▷ **Is Naomi a caregiver?**

▷ **Are you from Japan?**

▷ **Are Sachiko and Tomoko there?**

this, that, it 的用法
This is...
這是～。

TR04.mp3

重點說明

this 和 that 可以用來指稱人、事、物，或作為其修飾語。它們可以和 be 動詞一起使用。

這是好的。
This is good.

Pattern

This　　is　　+　名 / 形 .
主詞（單數）　be動詞

✎ 先學起來吧！

for [fɔr] 為了…

too bad [`tu `bæd] 太糟糕

That's right. [`ðæts `raɪt] 是這樣沒錯。

cold [kold] 冷的

hot [hɑt] 熱的

實用例句

1. 這是東尼。
2. 這是給你的。
3. 是那樣沒錯。
4. 那太糟糕了。
5. 天氣冷了。
6. 今天天氣很熱。

用於指出**較近**的人事物	this	這個，這人，這件事，這東西
用於指出**較遠**的人事物	that	那個，那人，那件事，那東西
用於取代先前提到的事物	it	它，這，那

● 當你要表達對事物的看法時，像是 It is interesting.（它是有趣的。），用 **It is...** 來表達會比用 That is... 給對方的感覺更好。

● 對於以 **what**、**whose...** 等疑問詞開頭的問句，用 It is... 作為開頭來回答。

⑳ "What**'s'** this?"（這是什麼？）

It's **a music box.**（它是個音樂盒。）

● 當我們要表達時間，例如一星期的某一天、天氣、溫度、距離、明亮或陰暗等時，可以用 It is... 作為句子開頭。

▷ **This is Tony.**

▷ **This is for you.**

▷ **That's right.**

▷ **That's too bad.**

▷ **It's cold.**

▷ **It's hot today.**

be 動詞過去式
I was...
我是～。

TR05.mp3

重點說明

be 動詞的過去式是 was 或是 were。
be 動詞過去式，根據其不同的主詞有不同的用法。

我昨天很忙。
I was busy yesterday.

I	was	+	名 / 形 .
主詞	be動詞 過去式		

Pattern

✏️ 先學起來吧！

was [wɑz] 是…（過去式）
were [wɝ] 是…（過去式）
two hours [`tu `aʊrz] 兩小時
together [tə`gɛðɚ] 一起
at home [æt `hom] 在家

ago [ə`go] 在…以前
yesterday [`jɛstɚde] 昨天
father [`fɑðɚ] 父親
this morning [ðɪs `mɔrnɪŋ] 今天早上

實用例句

1 我昨天有空。

2 我今天早上在這裡。

3 我父親兩個小時前在丹波篠山市。

4 我們昨天聚在一起。

5 我昨天在家。

6 今天早上你的袋子在這桌子上。

主詞	be 動詞　現在式	be 動詞　過去式
I	am	was
You	are	were
主詞是 1 個人	is	was
主詞是 2 個人以上	are	were

● 我們用這個方法來記住 was 和 were 是怎麼來：w 代表「過去」的意思。

am ＋ is ＝ a mi s → w a s

a re → w ere

▷ I was free yesterday.

▷ I was here this morning.

▷ My father was in Tamba-Sasayama two hours ago.

▷ We were together yesterday.

▷ I was at home yesterday.

▷ Your bag was on this table this morning.

一般動詞：用於肯定句
I + 動詞...
我～（做某事）。

TR06.mp3

重點
說明

一般動詞包含動態與靜態的動詞。它們通常緊接在主詞後面。

我每天跑步。
I run every day.

Pattern

I + 動.
主詞

✏️ 先學起來吧！

walk [wɔk] 走路，散步
drink [drɪŋk] 喝，喝酒
mother [ˋmʌðɚ] 母親
Sunday [ˋsʌnde] 星期日
play tennis [ˋple ˋtɛnɪs] 打網球
every evening [ˋɛvrɪ ˋivnɪŋ] 每天晚上

study [ˋstʌdɪ] 研讀
by bus [baɪ ˋbʌs] 搭公車
big brother [ˋbɪg ˋbrʌðɚ] 兄長，大哥
school [skul] 學校
go to [ˋgo ˋtu] 去，前往…

實用例句

1 我每天走路。

2 我每天早上遛狗。

3 我父親每天晚上喝酒。

4 我母親每個星期日打網球。

5 我在這裡唸書。

6 我大哥搭公車去上學。

Point

● 依據主詞的不同，動詞字尾可能必須加上 **s** 或 **es**。

主詞	動詞
I	run
You	run
主詞只有 1 人	run**s**/go**es**
主詞有 2 人以上	run/go

● 若動詞字尾是子音加 y，則將 y 改成 i 之後，再加 es。
　否則，只要加 s 即可（例如，字尾是 ay）。
　若動詞字尾是 o、ch、sh，要加 es。

　例　stud**y** → stud**ies**　pla**y** → play**s**　g**o** → go**es**
　　　wat**ch** → watch**es**　　　wa**sh** → wash**es**

　▷ I walk every day.

　▷ I walk my dog every morning.

　▷ My father drinks every evening.

　▷ My mother plays tennis every Sunday.

　▷ I study here.

　▷ My big brother goes to school by bus.

一般動詞：用於否定句
I don't + 原形動詞
我不～（做某事）。

TR07.mp3

重點說明

在有一般動詞的句子裡，如果這個句子要表達否定意味，要用助動詞 do / does再加 not，後面再接原形動詞。

我不喜歡游泳。
I don't like swimming.

Pattern

I don't + 動 .
主詞

✎ **先學起來吧！**

like [laɪk] 喜歡

coffee [`kɔfɪ] 咖啡

cat [kæt] 貓

dog [dɔg] 狗

a lot [ə `lɑt] 許多

smoke [smok] 煙，冒煙；吸菸

but [bʌt] 但是

實用例句

1. 我不喜歡喝咖啡。

2. 我不喜歡貓，但我喜歡狗。

3. 我不喝酒。

4. 我母親不喝酒，但我父親喝很多酒。

5. 我不抽菸。

6. 我們不用去上學。

Point

主詞	否定助動詞	原形動詞
I	don't	
You	don't	
主詞是 1 個人	doesn't	walk.
主詞是 2 人以上	don't	

容易出錯的！

注意動詞 like 後面的名詞用法。

不可數名詞 → 後面不加 s

可數名詞，像是 **dogs** → 有 s

> 當你要表達「我喜歡狗。」時，
> 你指的並不是某一隻狗，而是
> 所有的狗，所以要加 s。

▷ I don't like coffee.

▷ I don't like cats, but I like dogs.

▷ I don't drink.

▷ My mother doesn't drink, but my father drinks a lot.

▷ I don't smoke.

▷ We don't go to school.

一般動詞：用於疑問句
Do you + 原形動詞?
你～（做某事）嗎？

TR08.mp3

重點
說明
在有一般動詞的句子裡，可以用助動詞 Do / Does 來形成疑問句，先將 Do / Does 放在句首，後面再接主詞。

你每天都有唸書嗎？
Do you study every day?

Pattern ▶ Do you + 原 ?
主詞

 先學起來吧！

play golf ['ple `golf] 打高爾夫球

fish [fɪʃ] 魚

every morning ['ɛvrɪ `mɔrnɪŋ] 每天早上

water ['wɔtɚ] 為…澆水

flower ['flauɚ] 花

chicken ['tʃɪkɪn] 雞（複數）

lay [le] 下蛋，產卵

egg [ɛg] 蛋

實用例句

1　你每天走路嗎？

2　你每天早上遛狗嗎？

3　你父親打高爾夫球嗎？

4　你大哥有在釣魚嗎？

5　你每天早上澆花嗎？

6　雞每天都會下蛋嗎？

Point

Do 或 Does	主詞	原形動詞
Do	I	
Do	you	
Does	主詞是 1 個人	study?
Do	主詞是 2 人以上	

！容易出錯的！

用 play 這個動詞時要小心。

● 不適合用於非球類的運動

例 打空手道 × **play karate**

○ **do karate**

● 後面接「樂器」名稱時，意為「演奏」該樂器，因此「樂器」名稱的前面必須加定冠詞 the。

例 彈鋼琴 **play the piano**

▷ **Do you walk every day?**

▷ **Do you walk your dog every morning?**

▷ **Does your father play golf?**

▷ **Does your big brother fish?**

▷ **Do you water the flowers every morning?**

▷ **Do chickens lay eggs every day?**

現在進行式
I am + V-ing...
我正在～（做某事）。

TR09.mp3

重點說明 現在進行式的用法中，將 -ing 加到動詞後面，用來表達「當下」或「即將的未來」要做的動作。

我現在**正在讀**英文。
I'm studying English now.

Pattern

| I | am | + | 動 + ing |.
主詞　be動詞

✏️ 先學起來吧！

rain [ren] 雨，降雨
have [hæv] 吃～（三餐）
with [wɪð] 和～一起
lunch [lʌntʃ] 午餐
tomorrow [tə`mɔro] 明天

open [`opən] 打開～
go bad [`go `bæd] 腐壞了
milk [mɪlk] 牛奶
while [hwaɪl] 當～時候
sleep [slip] 睡覺

實用例句

1　現在正在下雨。

2　我正在和直美吃午餐。

3　我明天將和直美吃午餐。

4　這朵花正在綻放。

5　這牛奶壞了。

6　你在睡覺的時候我正在念書。

Point

● 如果在一個動詞後面加上 -ing 來表達正在進行的動作時，它就好比一個形容詞的功能，但表示一種動作的狀態。
此時句子和形容詞作補語一樣，必須有 be 動詞才行。）

⑳ **That boy is tall.**
　　　　　形容詞

當你將 running 擺在 tall 的位置時，可以清楚了解這英文句子的意思，所以它具有形容詞的功能。

That boy is running.
　　　　　形容詞的功能

● 它不只可以用來表達當下，也可以表示即將發生的未來。

主詞	現在式	過去式	動詞 -ing 形式
I	am	was	
You	are	were	
主詞是 1 個人	is	was	studying.
主詞有 2 個人以上	are	were	

💡 這個重要！

● 如果一個動詞的最後一個音節（或者這個動詞是單音節）的母音是短母音（[ə]、[ɪ]、[ʊ]、[ʌ]、[ɔ]），則後面加 -ing 時，**最後一個字母必須重複**，否則直接加 -ing 即可。
⑳ **run [rʌn] - running [`rʌnnɪŋ]**

● 如果一個動詞的最後一個字母是 e，則去除 e 後加 -ing。
⑳ **make [mek] – making [`mekɪŋ]**

▷ It's raining now.

▷ I am having lunch with Naomi.

▷ I am having lunch with Naomi tomorrow.

▷ This flower is opening.

▷ This milk is going bad.

▷ I was studying while you were sleeping.

疑問詞：what

What is...?

～是什麼？

TR10.mp3

重點
說明

疑問詞 what 可用來詢問一個東西是什麼或一件事。在這樣的一個問句中，必須將 what 置於句首。

這**是什麼**？

What's this?

Pattern ▶

What is + 名 ？
be 動詞

✎ 先學起來吧！

what [hwɑt] 什麼

job [dʒɑb] 工作

your [jur] 你（們）的

hobby [`hɑbɪ] 嗜好

weight [wet] 重量

bike [baɪk] 自行車

population [ˌpɑpjəˋleʃən] 人口

── **實用例句** ──

1　東尼是做什麼的？

2　那是什麼？

3　你的工作是什麼？

4　你有什麼嗜好？

5　這輛自行車多重？

6　日本的人口有多少？

Point

● 要記住「這 + 是什麼？」這樣的句子是很容易的事。

● What's = What is = 是什麼？

● 這個句子的句型含有「告訴我…」的感覺在內。

		主詞	回答
主詞是 1 個	What is	this（這）？	It's / It it...
主詞有 2 個以上	What are	these（這些）？	They're / They are...

- - - - - - - -
記住這個重點！

● **of** 的意思是「的」，它代表「所有，含有」的意義。

例 這朵花的名稱＝名稱 **什麼的** 這朵花

the name of this flower

▷ **What is Tony?**

▷ **What's that?**

▷ **What's your job?**

▷ **What are your hobbies?**

▷ **What's the weight of this bike?**

▷ **What's the population of Japan?**

疑問詞：when

When is...?

～是什麼時候？

TR11.mp3

 重點
說明　疑問詞 **when** 可用來詢問時間。

> ### 你的生日是**什麼時候？**
> ### **When is your birthday?**
>
> **Pattern** ▶　When　is　+ 名 / 名 + 形 ?
> be 動詞

✐ 先學起來吧！

when [hwɛn] 何時，什麼時候
birthday [ˋbɝˌθde] 生日
birthdate [ˋbɝˌθdet] 出生年月日
next [nɛkst] 下一個的
bus [bʌs] 公車

the rainy season [ðə ˋren sizn] 雨季
Easter [ˋistɚ] 復活節
are leaving [ɑr ˋlivɪŋ] 即將 / 正要出發
paper [ˋpepɚ] 紙張
due [dju] 期限已到的

實用例句

1　你的生日是幾月幾號？

2　下一班公車什麼時候會到？

3　日本的雨季是什麼時候？

4　復活節是什麼時候？

5　你什麼時候要離開？

6　這份報告什麼時候要交？

Point

- 「Your birthday is 時候」這樣的句子是個疑問句，因為要問的是「什麼時候」，所以要用 when 來問。

- when 可以和 be 動詞和一般動詞及助動詞連用。

  - 例 你都什麼時候念書呢？

    When do **you study?**

- 在一個完整的英文句子裡，when 代表的就是「時間」這部分。

  - 例 **You are leaving** tomorrow. 你明天就要離開了。

    When **are you leaving?** 你什麼時候要離開？

▷ **When is your birthdate?**

▷ **When is the next bus?**

▷ **When is the rainy season in Japan?**

▷ **When is Easter?**

▷ **When are you leaving?**

▷ **When is the paper due?**

疑問詞：**where**

Where is...?

～在哪裡？

TR12.mp3

重點說明

疑問詞 where 可用來詢問地點。

東尼**在那裡？**

Where is Tony?

Pattern

Where　is　+　名？
be動詞

先學起來吧！

where [hwɛr] 在哪裡
a convenience store [ə kən`vinjəns `stor] 便利商店
the restroom [ðə `rɛstrum] 最近的洗手間
ummm [ʌm] 嗯（表示思考或敷衍）

實用例句

1　你昨天在哪裡？

2　便利商店在哪裡？

3　洗手間在哪裡？

4　我在哪裡？

5　嗯…，我在哪裡呢？

6　你從哪裡來的？

Point

● be 動詞用來表達「是」或「存在」的動詞意思。

● be 動詞根據主詞的單複數而有所變化。

	現在式	過去式
主詞是 1 個人	is	was
主詞是 2 個人或 2 個人以上	are	were

！容易出錯的！

當你要問對方,你是哪裡人時,要用現在式來問。

如果回答,是日本人＝實際上是,長時間居住在日本,且是從日本這個地方來的,所以用現在式。

○ **Where** are **you from?**

✕ **Where** were **you from?**

> 如果用的是過去式的話,那就表示「你當時是從哪裡來的?(也許你在昨天或前天,還在另一個地方,不是嗎?)」。

▷ **Where were you yesterday ?**

▷ **Where's a convenience store ?**

▷ **Where's the restroom ?**

▷ **Where am I ?**

▷ **Ummm, where was I ?**

▷ **Where're you from ?**

疑問詞：how
How is...?
～如何／怎麼了？

TR13.mp3

重點說明 疑問詞 how 可用來詢問「如何／還好嗎」或表達問候。

您的父親（狀況）還好嗎？
How is your father?

Pattern

How　is　+　名 ？
be動詞

先學起來吧！

weather [ˈwɛðɚ] 天氣

business [ˈbɪznɪs] 生意，公司

four o'clock [ˈfor əˈklɑk] 4 點鐘

next Sunday [ˈnɛkst ˈsʌnde] 下星期天

實用例句

1 你感冒還好吧？

2 天氣如何？

3 生意還好嗎？

4 下星期天四點如何？

5 這東西怎麼樣嗎？

6 你最近好嗎？ 日常禮貌性問候語

Point

● How + be 動詞 + 主詞 + ～ ing?

這個句型，您可以多加運用。

例 你的感冒好了嗎？

How is your cold doing? ← 禮貌性問候語

💡 這個重要！

我們可以用 we（而不是 **you**），來對他人表示關心之意。

例 醫院裡常用對話

你今天早上感覺還好吧？

How are we this morning?

▷ **How is your cold?**

▷ **How is the weather?**

▷ **How's business?**

▷ **How is four o'clock next Sunday?**

▷ **How is it?**

▷ **How are you doing?**

Pattern 14

疑問詞與一般動詞

Where do you...?

你在哪裡～？

TR14.mp3

重點
說明

疑問詞經常與與一般動詞同時使用。
要表達一個疑問句時，要將疑問詞擺在句首。

> ## 你（們）住在哪裡？
> ### Where do you live?
>
> **Pattern** ▶
> Where do you + 原 ？
> 疑問詞　　　主詞

✏ 先學起來吧！

live [lɪv] 住，居住

go to school [go tu `skul] 去上學

do [du]（助動詞，構成問句）

English [`ɪŋglɪʃ] 英語

word [wɝd] 文字

mean [min] 意味著…

實用例句

1 東尼住在哪？

2 你都什麼時候念書？

3 你如何去上學呢？

4 你父親是做什麼的？

5 你為什麼要念英文？

6 這個字是什麼意思？

Point

● 當一個句子含有一般動詞時，要用 do / does 來構成疑問句。

● 當一個問句並非以「是。」或「不是。」來回答時，那就是屬於 5W1H 的問句，此時要將「疑問詞」置於句首來構成問句。

疑問詞	do 或 does	主詞	動詞
where [hwɛr] 在哪裡，往哪裡	do	2 人 / 2 個以上	原形
when [hwɛn] 在何時	do	I	
how [haʊ] 如何	do	you	
what [hwɑt]　什麼	does	1 人 / 1 個	
why [hwaɪ]　為什麼			

▷ **Where does Tony live?**

▷ **When do you study?**

▷ **How do you go to school?**

▷ **What does your father do?**

▷ **Why do you study English?**

▷ **What does this word mean?**

Pattern

15

疑問詞當主詞
Who + 動詞?

誰…（做了某事）?

TR15.mp3

重點說明

疑問詞也能夠當主詞用（又稱為「疑問代名詞」），
此時主詞與動詞比照一般肯定句的擺放順序。

誰喜歡茱蒂?
Who likes Judy?

Pattern ▶

Who 動 ?
疑問詞

🖋 先學起來吧!

house [haʊs] 屋子，家

box [bɑks] 箱子，盒子

ate [et] 吃（eat 的過去式）

apple [ˋæpl] 蘋果

call [kɔl] 打電話給…（某人）

capital [ˋkæpətl] 首都

happened [ˋhæpənd] 發生（happen 的過去式）

實用例句

1 誰住在這房子裡?

2 盒子裡面有什麼?

3 誰吃了我的蘋果?

4 請問哪位（打電話來）?

5 日本的首都是哪裡?

6 發生了什麼事?

● 在一個疑問句中，以疑問（代名）詞當主詞時，這個疑問詞通常是指「誰／什麼」。

● 在一般日常生活的用法中，**who / what** 作為一個疑問句的主詞時視為單數，句子的動詞（**be** 動詞或一般動詞）應為單數，一般動詞要加 s 或 es。

● 要表達過去的事件時，句子的動詞應為過去式 **was**（**be** 動詞）或過去式動詞。

！容易出錯的！

當我們要問某個國家首都時，要用 what，而不是 **where**。
中文會問「日本的首都在哪裡？」，但英文要用以下句子來表達：

東京是日本的首都。　　**Tokyo is the capital of Japan.**

日本的首都是什麼？　　What**'s the capital of Japan?**

▷ Who lives in this house?

▷ What's in this box?

▷ Who ate my apple?

▷ Who's calling, please?

▷ What's the capital of Japan?

▷ What happened?

被動語態 1

It is + 過去分詞...
〜被〜

TR16.mp3

重點說明

被動語態／被動式要表達的是「被…（做了什麼）」這時候句子的動詞要用「be動詞 + 過去分詞」來表達。

我們的房子**是**用木頭**做的**。

Our house is made of wood.

Pattern

It　　is　+　過去分詞.
主詞　be動詞

先學起來吧！

watch [wɑtʃ] 手錶
made [med] make（製造）的過去分詞
wood [wʊd] 木材，木頭
grape [grep] 葡萄
French [frɛntʃ] 法語
spoken [ˋspokən] speak（說話）的過去分詞

our [aʊr] 我們的
next year [ˋnɛkst ˋjɪr] 年
by [baɪ] 被〜
many people [ˋmɛnɪ ˋpipl] 很多人

實用例句

1 這手錶是日本製造的。

2 這張桌子是木製的。

3 酒是用葡萄做的。

4 在這裡要說法語。

5 我們的學業將於明年結束。

6 這本書有很多人看過。

Point

● 被動語態可用來表示過去以及現在的事件。

主詞	現在式	過去式	未來		
I	am	was			
You	are	were	will be	+	過去分詞
主詞是 1 人 / 1 個	is	was			
主語是 2 人 / 2 個 以上	are	were			

● 「主詞 + be 動詞 + 過去分詞」的句型後面通常跟著介系詞片語，像是 in（在…裡面）、by（被…）、of（…的）、from（來自…）…等。

！ 容易出錯的！

當你看見某個東西並且「想知道它是由什麼原料製成」的，要用介系詞 from 來問，若是你可以立即知道它是由什麼原料製成的，要用介系詞 of。

be made from ~ 由…製造而成

be made of ~ 由…製造而成

▷ **This watch was made in Japan.**

▷ **This desk is made of wood.**

▷ **Wine is made from grapes.**

▷ **French is spoken here.**

▷ **Our school will be finished next year.**

▷ **This book is read by many people.**

被動語態用於疑問詞引導的問句
How is it + 過去分詞?
它是如何被⋯?

TR17.mp3

重點
說明
被動語態的疑問句要將 be 動詞移到主詞前面,但如果有疑問詞的話,這個疑問句就更加多樣化了。

> 這個工具**怎麼用(如何被使用)**?
> **How is this tool used?**

Pattern ▶

How	is	it + 過去分詞?
疑問詞	be 動詞	主詞

✎ 先學起來吧!

how [haʊ] 如何,怎麼

why [(h)waɪ] 為什麼

built [bɪlt] build(建造)的過去分詞

tool [tul] 工具

broken [`brokən] break(壞掉)的過去分詞

born [bɔrn] bear(出生)過去分詞

piano [pɪ`æno] 鋼琴

─── 實用例句 ───

1 這房子是什麼時候建造的?

2 這手錶是在哪裡製造的?

3 東京塔是什麼時候建造的?

4 這扇門為什麼壞了?

5 你是什麼時候、在哪裡出生的?

6 這鋼琴是什麼時候、在哪裡製造的?

● 若是要用疑問詞與 be 動詞搭配形成問句時，be 動詞可能有以下變化：

	現在式	過去式	未來式
主詞（1 個／人）	is	was	
主詞（2 個／人以上）	are	were	will be
主詞是 you	are	were	
主詞是 I	am	was	

▷ When was this house built?

▷ Where was this watch made?

▷ When was Tokyo Tower built?

▷ Why was this door broken?

▷ When and where were you born?

▷ When and where was this piano made?

被動語態 2

I'm interested in...

我對於～有興趣。

TR18.mp3

重點說明 就中文翻譯的句子來看,很難看出這是個被動語態句子,但實際上它的英文就是個以被動式來表達的句子。

> 我對英文有興趣。
> **I'm interested in English.**

Pattern
I'm interested in + 名 .
be動詞　過去分詞　介系詞

✎ 先學起來吧!

news [njuz] 消息,新聞

hill [hɪl] 丘陵

snow [sno] 雪

box [bɑks] 箱子

temple [`tɛmpl] 寺廟

garden [`gɑrdn] 花園

walk [wɔk] 走路

實用例句

1 我對於這消息感到驚訝。

2 那座丘陵被大雪覆蓋著。

3 這箱子裝滿了蘋果。

4 這座廟宇以它的花園聞名。

5 我們學校每個人都認識你。

6 我走路走得很累。

Point

● 被動語態是一種可以轉換「**A 對於 B 做了 C**」的句型

例 英文使我感興趣。

English interests **me.**

   A   做了C   對於B

↓ 改成被動語態

我感到有興趣 **+** 對於英文

I'm interested   in **English**

- - - - - - - - - -
請將以下用法記住！
- - - - - - - - - -

was surprised at... [wɑz sə`praɪzd ˌæt] 對於⋯感到驚訝

is covered with ... [ɪz `kʌvə-d ˌwɪð] 被⋯覆蓋住

is filled with... [ɪz `fɪld ˌwɪð] 充滿著⋯

is known for its... [ɪz `non for ˌɪts] 以其⋯聞名

is known to... [ɪz `non ˌtu] 為⋯所知

was tired from... [wɑz `taɪrd ˌfrɑm] 因⋯感到疲累

英文小訣竅

用 from 表示「感到疲憊的原因」

be tired from... 因⋯感到疲累

be tired of... 厭倦了⋯

如果用 about（關於⋯）來取代 of，就更容易了解意思了。

▷ **I was surprised at the news.**

▷ **That hill is covered with snow.**

▷ **This box is filled with apples.**

▷ **This temple is known for its garden.**

▷ **You are known to everyone in our school.**

▷ **I was tired from walking**

比較級 1
...er than...
比起～更為～

TR19.mp3

重點
說明

「比較級」用於兩者互相比較的場合。

我的**年紀比**你**還大**。
I'm older than you（are）.

Pattern

形 / 副 + er + than ...

先學起來吧！

big [bɪg] 大的
than [ðæn] 比起…
ours [aʊrz] 我們的（東西）
cute [kjut] 可愛的
mine [maɪn] 我的（東西）

easy [ˋizɪ] 容易的
thought [θɔt] think（思考）的過去式
swim [swɪm] 游泳
fast [fæst] 快速的

實用例句

1　你總是走得比我還快。

2　你的房子比我們的還大。

3　這隻狗比我的狗還可愛。

4　你比我所想的還高。

5　今天的英文考試比我所想的還容易。

6　東尼游得比茱蒂還快。

Point

● 當我們要表示「比…更…」時，可以在形容詞／副詞字尾加上 er。

● 形容詞／副詞比較級（字尾 ~er）常與 than 併用。

● 當形容詞／副詞的最後一個母音是短母音（[ə]、[ɪ]、[ʊ]、[ʌ]、[ɔ]），則<u>最後一個字母必須重複</u>後再加 er。

   例 big → bigger
       [ɪ]

● 當同一個句子<u>出現第二個相同的名詞時</u>，我們通常會用 one 來取代，而不會用相同的名詞。

   例 那個包包比這個（包包）還大。

   That bag is bigger than this one.
                                        =bag

● 當同一個句子<u>出現第二個相同的動詞時</u>，我們通常會用 do / does 來取代。

   例 我跑得比你還快。

   I run faster than you do.
                                =run

▷ **You always walk faster than I (do).**

▷ **Your house is bigger than ours (is).**

▷ **This dog is cuter than mine (is).**

▷ **You are taller than I thought.**

▷ **Today's English test was easier than I thought.**

▷ **Tony is swimming faster than Judy (is).**

比較級 2
more ... than...
比起～更為～

TR20.mp3

重點
說明
也可以在單字前加 more 來表現比較級。

這個包包比我的更好用。
This bag is more useful than mine is.

Pattern ▶ more + 形 / 副 + than ...

先學起來吧！

beautiful [`bjutəfəl] 美麗的
important [ɪm`pɔrtnt] 重要的
popular [`pɑpjələ] 受歡迎的
interesting [`ɪntərɪstɪŋ] 有趣的

problem [`prɑbləm] 問題
difficult [`dɪfə͵kəlt] 困難的
slowly [`slolɪ] 緩慢地

實用例句

1 這朵花比那朵花更美麗。
2 你比我的工作更重要。
3 你比我更受歡迎。
4 這本書比我預期更加有趣。
5 這問題比我所想的更為棘手。
6 你英文說得比我還慢。

● 如果一個形容詞有兩個或兩個以上的音節（一個母音一個音節），通常在前面加上 more 來表示其比較級。

　例 你比我更出名。

　　You are more famous than I (am).

● than 通常擺在「比較級形容詞／副詞」後面。

● 大部分字尾 **-ly** 的副詞，其比較級前面加 more。

　例 我父親走路比我還慢。

　　My father walks more slowly than I do.

- - - - - - - -
記下這些用語！
- - - - - - - -

　than I expected　比我預期地
　than I thought　比我所想的

▷ **This flower is more beautiful than that one is.**

▷ **You are more important than my work is.**

▷ **You are more popular than I am.**

▷ **This book was more interesting than I expected.**

▷ **This problem was more difficult than I thought.**

▷ **You speak English more slowly than I do.**

Pattern **21**

最高級 1

the ...est in/of...
在～當中最～的

TR21.mp3

重點說明 | 三者或三者以上做比較時，要用最高級。意即，在進行比較的所有人事物中，表達「最…的」的意思。

> 我是我們班上身高**最高**的。
> I am **the tallest** in our class.

Pattern ▶ than + 形/副 + est + in / of + 名 .

✏️ 先學起來吧！

early [ˋɝlɪ] 早地
family [ˋfæməlɪ] 家庭
in our class [ɪn aʊr klæs] 在我們班上
of us all [əfʌsɔl] 在我們所有人當中

high [haɪ] 高的
Mt. [ˋmaʊntn̩] ～山
mountain [ˋmaʊntn̩] 山
pretty [ˋprɪtɪ] 漂亮的

── 實用例句 ──

1 我是我們家中最早起床的。

2 東尼是我們班上跑得最快的。

3 東尼是我們班上長得最高的。

4 東尼是這二十個學生當中游得最快的。

5 富士山是日本最高的山。

6 幸子是這個班上最漂亮的。

| Point |

● 在形容詞／副詞字尾加上 -est 來表示「最⋯的」。

要表達最高級時，如果是形容 1 人／ 1 個，要在前面加上 the。

● 用介系詞 **if** 或 **of** 來表達「在⋯當中」。

in = 當我們要表達「<u>在一個群體當中</u>」時。

of = 當我們要表達「<u>在許多者當中</u>」時。

例 這間學校是我們鎮上最老的（學校）。

This school is the oldest in our town.

這輛車是這所有車子裡面最老的。

This car is the oldest of all (the) cars.

all the cars
＝一個有限範圍中的所有車子
all cars
＝世界上的所有車子

! 別搞混了喔 !

fast＝（速度上）很快的

early＝（在時間先後上）早的

high＝（所在的位置）高的

tall＝（如樹木、人、建物等）高的

▷ I get up (the) earliest in my family.

▷ Tony runs (the) fastest in our class.

▷ Tony is the tallest of us all.

▷ Tony swims (the) fastest of the twenty students.

▷ Mt. Fuji is the highest mountain in Japan.

▷ Sachiko is the prettiest in this class.

Pattern 22

最高級 2

the most... in/of...

在～當中最～的

TR22.mp3

重點說明 一般較長的形容詞或副詞要表示最高級時，在前面加上 most 即可。

在日本，這座城堡是**最**漂亮的。
This castle is the most beautiful in Japan.

Pattern ▶ the most + 形 / 副 + in / of + 名 .

先學起來吧！

Japanese dictionary [ˌdʒæpə`niz `dɪkʃənˏɛrɪ] 日語字典

實用例句

1 富士山是日本最美的山。

2 富士山是日本最高的山。

3 富士山在日本是最有名的山。

4 我在我們班上是跑最慢的。

5 對我來說，英文是最有趣的。

6 這本是最有用的日語字典。

Point

● 當形容詞或副詞有兩個以上的「音節」時，大部分都是在其前加 the most，比較少用 the ~est 來表示最高級用法。

前面加 the most 的形容詞／副詞

beautiful [`bjutəfəl] 美麗的

famous [`feməs] 有名的

popular [`pɑpjələ-] 受歡迎的

difficult [`dɪfəˌkəlt] 困難的

interesting [`ɪntərɪstɪŋ] 有趣的

convenient [kən`vinjənt] 方便的

useful [`jusfəl] 有用的

slowly [`slolɪ] 緩慢地

🔆 **這個重要！**

對我來說英文是有趣的。　　**English** is interesting **to me.**

　　　　　　　　　　　　　當主詞是「事物」而非「人」時，要
　　　　　　　　　　　　　用 interesting，而不是 interested。

▷ **Mt. Fuji is the most beautiful in Japan.**

▷ **Mt. Fuji is the highest mountain in Japan.**

▷ **Mt. Fuji is the most famous mountain in Japan.**

▷ **I run (the) most slowly in our class.**

▷ **English is the most interesting to me.**

▷ **This is the most useful Japanese dictionary.**

比較用法：as
as... as...
和～一樣～

TR23.mp3

重點說明 當我們要表示「和…一樣」時，就是用這個句型。

我父親**和**你**一樣**高。

My father is as tall as you are.

Pattern ▶ **as + 形/副 + as ...**

✏️ 先學起來吧！

old [old] 年紀大的，老的

house [haʊs] 家，房子

run [rʌn] 跑

bee [bi] 蜜蜂

as busy as a bee 非常忙碌的

實用例句

1 我的年紀和你一樣大。

2 這房子和我的（房子）一樣老舊。

3 我的包包和你的一樣大。

4 這朵花和那朵花一樣美麗。

5 我跑得和你一樣快。

6 我忙得要死。

● as... as... 的意思是「和⋯一樣⋯」。

● 當主詞後面跟著 **be** 動詞時，第二個主詞後面也必須是 **be** 動詞。
然而，當主詞後面是一般動詞時，第二個主詞後面的**動詞**要用
do / does 取代相同的動詞。

　例 **My father　is　　as old as you are.**

　　　　　be 動詞 1　　　2　　be 動詞

　I run as fast as you do.

　　動詞 1　　　2　　=run

　　　　　　　可以將字尾的 are 或 do 省略掉，
　　　　　　　但不予以省略是較自然的說法。

這個重要！

第 **2** 個 **as** 的意思是「像⋯一樣（**like**）」

　例 我忙得像一隻蜜蜂一樣。

　I'm as busy as a bee.

　　　　　像⋯一樣

▷ **I'm as old as you are.**

▷ **This house is as old as mine is.**

▷ **My bag is as big as yours is.**

▷ **This flower is as beautiful as that one is.**

▷ **I run as fast as you do.**

▷ **I'm as busy as a bee.**

比較用法：as 的否定句
not as... as...
並非和～一樣～

TR24.mp3

重點說明

如果我們將 as（表示「像…一樣」）加上否定的意味，因為它是用來表達兩者的比較，所以意思就變成「並非和…一樣」。

> 我**並非**和你**一樣**高。
> I'm **not as** tall **as** you are.

Pattern ▶   not as + 形 / 副 + as ...

✎ 先學起來吧！

car [kɑr] 車
more [mor] 更多的

good [gʊd] 好的
yours [jʊrz] 你（們）的（東西）

實用例句

1. 這輛車並不是和那輛（車）一樣舊。
2. 這輛車並沒有比那輛（車）還舊。
3. 這朵花並非和那朵（花）一樣漂亮。
4. 這朵花並非比那朵（花）更漂亮。
5. 我的腳踏車並非和你的（腳踏車）一樣好。
6. 我的腳踏車並非比你的（腳踏車）還要好。

Point

● 以下兩個句子是一樣的意思，我們就將這兩句當作一個組合記下來吧！

例 我沒有你那麼高。

(a) **I'm** not as **tall** as **you are.**

(b) **I'm** not tall**er than you are.**

如果您再思考一下以下兩個句子，就可以了解為什麼上述兩句是一樣的意思。

(a) 我（身高）沒有跟你一樣高。

(b) 我（身高）沒有比你高。

▷ **This car isn't as old as that one is.**

▷ **This car isn't older than that one is.**

▷ **This flower isn't as beautiful as that one is.**

▷ **This flower isn't more beautiful than that one is.**

▷ **My bike isn't as good as yours is.**

▷ **My bike isn't better than yours is.**

比較用法：倍數
數字 times as... as...
是～的 + 數 + 倍～

TR25.mp3

重點
說明

當你要將兩者做比較，並表達「幾倍～」時，可以用這個句型。

加拿大是日本的**二十七倍大**。
Canada is about twenty-seven times as large as Japan.

Pattern ▶　　**數** times as + **形** / **副** + as ...

先學起來吧！

about [ə`baʊt] 大約

twice [twaɪs] 兩倍

three times [`θri `taɪmz] 三倍

much [mʌtʃ] 很多

climb [klaɪm] 登上，爬

twenty times [`twɛntɪ `taɪmz] 二十倍

Australia [ɔ`streljə] 澳洲

large [lɑrdʒ] 大的，多數的

實用例句

1　富士山大約是這座山的十倍高。

2　這棵樹大約是那棵（樹）的兩倍高。

3　這顆蘋果大約是你的（蘋果）兩倍大。

4　我練習彈鋼琴的次數是你的三倍。

5　你爬上這棵樹的高度是我爬樹高度的兩倍。

6　澳洲的面積大約是日本的二十倍大。

● 當我們要表達「⋯的幾倍」時,可以利用前一課所學的句型為
基礎。

A 沒有 **B** 那麼高。

A is not <u>as high as</u> B is.
　　　　　higher than

現在就把「數字 **+ times**」取代 **not** 的位置,看看下面的例句就
可以了解了。

A 是 **B** 的三倍高。

A is <u>three</u> times <u>as high as</u> B is.
　　　 數字　　　 higher than

<u>！容易出錯的！</u>

當我們要表達「(廣度上的)大」時,要用 large 這個字,因
為它主要是指「面積上的大」。

另外,big 尤指<u>個人情感上的認定</u>,而 large 所指的「大」通
常是<u>普羅大眾的認定</u>。

▷ **Mt. Fuji is about ten times as high as this mountain is.**

▷ **This tree is about twice as tall as that one is.**

▷ **This apple is about twice as big as yours is.**

▷ **I practice the piano three times as much as you do.**

▷ **You climbed this tree twice as high as I did.**

▷ **Australia is about twenty times as large as Japan is.**

26

I like A better than B.

我喜歡 A 勝過 B。

TR26.mp3

重點
說明

better 是 good 和 well 的比較級，可以用來比較兩個人事物。

我喜歡英文勝過日文。
I like English better than Japanese.

Pattern ▶ I like 名 A + better than + 名 B .
　　　　　動詞

✎ 先學起來吧！

green tea [`grin `ti] 綠茶
sing [sɪŋ] 唱歌

husband [`hʌzbənd] 丈夫
cook [kʊk] 烹煮

實用例句

1. 我喜歡咖啡勝過綠茶。

2. 我喜歡貓勝過狗。

3. 你唱歌唱得比茱蒂好。

4. 我老公做飯比我好吃。

5. 我比肯更認識東尼。

6. 你的腳踏車比我的好。

Point

● better 的「原形」有好幾個：

> I like English <u>very much</u>.（非常）
> I speak English <u>well</u>.（很棒地）
>
> I know Tony <u>well</u>.（好地）
> This bike is <u>good</u>.（好的）

➡ 在比較級用法中
全部都改成 better！

🔵 我喜歡英文勝過日文。

I like English <u>better</u> than Japanese.

very much（非常多地）

我英文說得比你好。

I speak English <u>better</u> than you do.

well（很好地）

我認識東尼，比茱蒂認識東尼還要深入。

I know Tony <u>better</u> than Judy does.

well（深入地）

這輛腳踏車比那輛還好。

This bike is <u>better</u> than that one is.

good（好的）

▷ I like coffee better than green tea.

▷ I like cats better than dogs.

▷ You sing better than Judy does.

▷ My husband cooks better than I do.

▷ I know Tony better than Ken does.

▷ Your bike is better than mine is.

比較用法：best
I like + 名詞 + best.
我最喜歡～。

TR27.mp3

重點
說明 ▸ best 是 good 和 well 的最高級。它的意思是「最好地」。

我**最喜歡**狗。
I like dogs (the) best.

Pattern ▸ I like 名 + the best.
動詞

✎ 先學起來吧！

know [no] 知道，了解～

parrot [ˋpærət] 鸚鵡

restaurant [ˋrɛstərənt] 餐廳

feel [fil] 感覺

▃▃ 實用例句 ▃▃

1 五郎是這個班上游得最好的。

2 我最了解薰了。

3 所有鳥類中，我最喜歡鸚鵡。

4 熊本市最好的餐廳是哪一家？

5 這家餐廳是松本市最好的。

6 今天早上我感覺最好。

Point

best 的變化形

原形	比較級	最高級
well（很好地，安好地） very much（很多） good（好的）	better（較好的）	(the) best（最好的）

（例）我（游泳）游得最棒。

I swim (the) best.

我最了解直美了。

I know Naomi (the) best.

我最喜歡貓咪了。

I like cats (the) best.

這是最棒的。

This is the best.

▷ **Goro swims (the) best in this class.**

▷ **I know Kaoru (the) best.**

▷ **I like parrots (the) best of all the birds.**

▷ **What's the best restaurant in Kumamoto?**

▷ **This restaurant is the best in Matsumoto.**

▷ **I feel (the) best this morning.**

比較級與疑問詞 1
Which do you like better, A or B ?
你比較喜歡哪一個，A 還是 B ？

TR28.mp3

重點
說明 當我們要問別人「較喜歡哪一個」時，因為有兩者比較的意味，所以可以用比較級來表達。

你比較喜歡哪一種，茶還是咖啡？
Which do you like better, tea or coffee?

Pattern ▶ Which do you like better, 名 A or 名 B ?

 先學起來吧！

like [laɪk] 喜好
who [hu] 誰，何人
which [hwɪtʃ] 何者
skating [`sketɪŋ] 溜冰
skiing [`skiɪŋ] 滑雪
sandwich [`sændwɪtʃ] 三明治 ← 複數形是 sandwiches

math [mæθ] 數學
hot dog `[hɑt `dɔg] 熱狗
ham [hæm] 火腿
sausage [`sɔsɪdʒ] 香腸

實用例句

1 你比較喜歡誰，幸子還是智子？

2 你比較喜歡哪一種（動物），狗還是貓？

3 你比較喜歡滑雪還是滑冰？

4 你比較喜歡英文還是數學？

5 三明治或是熱狗，你比較喜歡哪一個？

6 你比較喜歡火腿還是香腸？

Point

● 當我們要問對方「哪一個」時，可能指「人」或「事物」。

人→ who   事物 → which

● 對於可以擺在 A 或 B 位置的名詞，有以下規定的用法：

<u>不可數名詞</u> → <u>加</u> **s / es**

> 例：英文 English　網球 tennis　火腿 ham

<u>可數名詞</u> → <u>加</u> **s / es**

> 例：三明治 a sandwich　狗 a dog

● 不可數名詞約略可區分為兩種。

加工製成的　　例：紙 paper　火腿 ham

不能或沒必要數的東西　　例：英文 English　滑雪 skiing

● 你也可以用 more 來取代 better。

● 語調的部分，可以唸成 A（↗）or B（↘）。

▷ **Who do you like better, Sachiko or Tomoko?**

▷ **Which do you like better, dogs or cats?**

▷ **Which do you like better, skiing or skating?**

▷ **Which do you like better, English or math?**

▷ **Which do you like better, sandwiches or hot dogs?**

▷ **Which do you like better, ham or sausage?**

比較級與疑問詞 2
Who is...er, A or B?
誰比較～，A 還是 B？

TR29.mp3

重點
說明
當我們要問別人「哪一個比較～？」時，可能用到疑問詞 which / who 搭配比較級的句型。

> ## 誰（身高）比較高，是肯還是你？
> ## Who is taller, Ken or you?

Pattern ▶

Who is 動 +er, 名 A or 名 B ?
也可以用which

🖉 先學起來吧！

dictionary [ˈdɪkʃənˌɛrɪ] 字典　　**dance** [dæns] 跳舞

big sister [ˈbɪg ˈsɪstɚ] 姊姊　　**or** [ɔr] 或者是

實用例句

1 哪一間比較舊，那間還是這間房子？

2 你的包包或是我的包包，哪個比較大？

3 這本字典和那本字典，哪一本比較好？

4 誰比較用功念書，你還是你姐姐？

5 誰舞跳得比較好，慎太郎還是蒼井？

6 誰身高比較高，幸子還是智子？

Point

● 當我們要問對方是 **A** 還是 **B** 時，第二個相同的名詞應用 one 來避免重複。然而，如果問的是 **my bag / your bag**，我們通常會用 mine / yours 來取代。

例 哪個包包比較大，這個還是那個？

Which is bigger, this bag or that one?
=bag

這部車或是我的車，哪個比較好？

Which is better, this car or mine?
=my car

▷ Which is older, that house or this one?

▷ Which is bigger, your bag or mine?

▷ Which is better, this dictionary or that one?

▷ Who studies harder, you or your big sister?

▷ Who dances better, Shintaro or Aoi?

▷ Who is taller, Sachiko or Tomoko?

祈使句
原形動詞...
（去做某事～）。

TR30.mp3

重點說明 祈使句是用來對人下命令。其主要特徵是：沒有主詞。

用功**念書**。
Study hard.

Pattern 原.

✏ 先學起來吧！

cool [kul] 冷靜的
come [kʌm] 來
patient [ˋpeʃənt] 病人
good [gʊd] 乖的，恭順的
watch [wɑtʃ] 注意，觀看

step [stɛp] 腳步
turn left [ˋtɝn ˋlɛft] 左轉，左彎
at [æt] 在～
next [nɛkst] 下一個的
traffic light [ˋtræfɪk ˋlaɪt] 紅綠燈

實用例句

---

1 冷靜點。

2 過來這裡。

3 有點耐性。

4 乖一點。

5 小心台階。

6 在下個紅綠燈左轉。

Point

● 「去做～吧！」就是祈使句的表現。

● 意義上是「人為無法掌控的」形容詞，不能用於「**Be** ＋形容詞」的句型。

  例 ✕ 長高一點。**Be tall.**

● 說話時，如果在句尾輕輕將語調往上提，可以給人「拜託」的語感。相反地，若是在句尾讓語調下沉，聽起來就有命令的感覺。

  例 請把窗戶打開。

  Open the window.（↗）

  把窗戶打開。

  Open the window.（↘）

● 如果你說「麻煩你～（去做什麼）。」雖然你用的是命令句，也能讓人感受到禮貌與善意。

▷ **Be cool.**

▷ **Come here.**

▷ **Be patient.**

▷ **Be good .**

▷ **Watch your step.**

▷ **Turn left at the next traffic light.**

祈使句：please
Please + 原形動詞...
請～（做某事）。

TR31.mp3

重點
說明

將 please 加入祈使句的句首或句尾時，可以讓這個祈使句聽起來較有禮貌。

> **請幫幫**我。
> **Please help** me.

Pattern ▶
Please + 原.

✏️ 先學起來吧！

please [pliz] 請，麻煩（您）～
go first [`go `fɚst] 先來，先去
help yourself [`hɛlp jʊɚ`sɛlf] 自行取用
make yourself at home [`mekjʊɚ`sɛl fæt`hom] 別拘束，請隨意

實用例句

1. 麻煩，過來這裡一下。
2. 請進。
3. 您先請。
4. 您請自便。
5. 您請隨意。
6. 請說慢一點。

Point

● 在句子的開頭加入 **Please**，讓語氣顯得客氣些。

例 請幫我個忙。

Please help me.

幫我個忙，拜託。

Help me, please.

活用

No + 名 , please.　　～不用了，謝謝。

※ 不可數名詞 → 不加 **s** (或 **es**)　 2 個或以上一般可數名詞 → 要加 **s** (或 **es**)

例 **No sugar, please.**　　不加糖，謝謝。

　No shoes, please.　　請脫鞋，謝謝。

　No smoking, please.　　請不要抽菸。

　名詞的功能

▷ **Come here, please.**

▷ **Come in, please.**

▷ **Please go first.**

▷ **Please help yourself.**

▷ **Please make yourself at home.**

▷ **Please speak more slowly.**

表達「禁止」的祈使句
Never + 原形動詞...
千萬不可～（做某事）。

TR32.mp3

重點
說明

將 Don't / Never 放在祈使句原形動詞前面時，表示「不可以～／萬萬不可～」，用來禁止對方做某事。

沒關係／不必介意。
Never mind.

Pattern ▶ Don't / Never + 原

🖊 先學起來吧！

never [`nɛvɚ] （不只是現在，未來也是）不可，絕不能～
and [ænd] 和
drive [draɪv] 開車
work [wɝk] 工作
too hard [`tu `hɑrd] 太辛苦

be noisy [bi `nɔɪzɪ] 發出吵雜聲
worry [`wɝɪ] 擔憂
about [ə`baʊt] 關於～

實用例句

1. 不要在這裡抽煙。
2. 不要在這裡喝酒。
3. 切勿酒後駕車。
4. 別太辛苦地工作。
5. 不要吵。
6. 別擔心這件事。

● **Never...** 的意思是「無論是現在或將來，絕對不可以…（做某事）」

● 在 Don't be... 的句型中不可以再放動詞進去了。

！容易出錯的！

不要放棄。　　　千萬不要放棄。

Don't **give up.**　　Never **give up.**

「沒關係。」的意思就是「別介意／擔心這件事。」它的英文是這麼說的：

I'm sorry.　我很抱歉。

Never mind.　沒關係。

一般我們會用 **Don't...** 來表示「現在」這時候「不要去做～。」不過 **Never mind.** 並沒有命令的語氣，屬於例外。

▷ **Don't smoke here.**

▷ **Don't drink here.**

▷ **Never drink and drive.**

▷ **Don't work too hard.**

▷ **Don't be noisy.**

▷ **Don't worry about it.**

感嘆句：what
What a...!
真是～啊！

TR33.mp3

重點
說明

「感嘆句」用來表達驚訝、興奮、喜悅、悲傷、痛苦…等。what 後面常接名詞。

真是個好老師啊！
What a good teacher!

Pattern ▶ What a 形 + 名 !

✏️ 先學起來吧！

bad [bæd] 不好的，壞的
a nice day [ə ˋnaɪs ˏde] 一個好日子

實用例句

1 多麼棒的車啊！

2 多麼爛的車啊！

3 多好的一天啊！

4 今天是多麼美好的一天啊！

5 這是一本多麼老舊的書啊！

6 這是一隻多麼漂亮的貓啊！

● What a **teacher!**　這樣的老師啊！

以這個例句來說，可以用來表達好或壞兩種意思。

● **不可數名詞**的後面不能加 **–s** 或 **–es**，可數名詞後面要加 **–s**，

前面沒有 **a** 或 **an**。

　例　**What good teachers!**　都是好老師呢！

● 以疑問詞開頭的感嘆句，屬於「肯定句」的一種，而非疑問句。

一般來說，可以將「主詞＋ **be** 動詞」擺在句尾，但如果去掉主

詞而不影響句意，也可以將「主詞＋動詞」省略掉。

　例　這是多麼漂亮的一朵花啊！

What a beautiful flower　this　　is !

　　　　　　　　　　　主詞　　be動詞

→ **What a beautiful flower !**

▷ **What a car!**

▷ **What a bad car!**

▷ **What a nice day!**

▷ **What a nice day it is today!**

▷ **What an old book this is!**

▷ **What a pretty cat this is!**

34

感嘆句：how

How...!

多麼～啊！

TR34.mp3

重點
說明

「感嘆句」中的 how 後面常接形容詞或副詞。

多麼美麗啊！
How beautiful !

Pattern ▶ How 形 / 副 !

✎ 先學起來吧！

how [haʊ] 如何

these [ðiz] 這些（的）

black [blæk] 黑色的

lucky [ˋlʌkɪ] 幸運的

smart [smɑrt] 聰明的，機靈的

實用例句

1 好高喔！

2 真是高啊！

3 這本書是多麼老舊了啊！

4 河津先生的黑貓好漂亮啊！

5 你是多麼幸運啊！

6 和田小姐是多麼聰明啊！

Point

● 以疑問詞開頭的感嘆句，屬於「肯定句」的一種，一般來說，「主詞＋ **be** 動詞／動詞」擺在句尾，但如果去掉主詞與動詞，仍可清楚表達句意，也可予以省略。

例 這本書好小啊！   好小啊！

How small this book is !   →   **How small !**
　　 形容詞　　主詞　 be動詞

東尼跑得好快啊！   多麼快啊！

How fast Tony runs !   →   **How fast !**
　 副詞 主詞 動詞

💡 這個重要！

tall → 用來形容一個人或物件是瘦長且高的，例如，人或樹木。
high → 用來形容一個人或物件是寬廣且高的，例如，山。

▷ **How tall!**

▷ **How high!**

▷ **How old this book is!**

▷ **How pretty Mr. Kawazu’s black cat is!**

▷ **How lucky you are!**

▷ **How smart Ms. Wada is!**

there be 的句型
There is...
有～。

TR35.mp3

重點
說明

這個句型用來表達某人事物的「存在」。基本上
There 的意義不大，be 動詞在這裡表示「有，存在」。

牆上**有**一幅畫。

There is a picture on the wall.

Pattern ▶ **There is/are + 名.**

📝 先學起來吧！

time [taɪm] 時間
a little [ə`lɪtl] 少量的
little [`lɪtl] 少的，小的，不多的
enough [ə`nʌf] 足夠的
left [lɛft] 剩下的
There used to be [`ðɛr `juzd tu `bi] 過去曾經～

glass [glæs] 玻璃杯
stand [stænd] 坐落，站著
school [skul] 學校
hill [hɪl] 山丘
tree [tri] 樹

── **實用例句** ──

1. 時間不多了。

2. 還有一點時間。

3. 還有足夠的時間。

4. 你的玻璃杯裡還有剩一些牛奶。

5. 那山丘上有一間學校。

6. 這裡曾經有一棵大樹。

Point

例 △ **A picture** is **on the wall.** 不自然的句子

○ There is **a picture on the wall.** 通順、自然的句子

💡 **這個重要！**

我們也可以將一般動詞擺在 **There** 的後面。

例 There lived **a boy in Tamba-Sasayama.**

丹波藤山住著一個男孩。

↓ 你也可以這麼說！

A boy lived in Tamba-Sasayama.

一個男孩住在丹波藤山。

- - - - - - - -
記住這個重點
- - - - - - - -

There are 名詞 **s and** 名詞 **s.**

＝有這種也有那種的～（有多種類型。）

There are **car**s and **car**s.

有各種款式的車子。

There are cars and there are cars.
有很多人會這麼說：

▷ **There is little time.**

▷ **There is a little time.**

▷ **There is enough time.**

▷ **There is some milk left in your glass.**

▷ **There stands a school on that hill.**

▷ **There used to be a big tree here.**

Pattern
36

表示「願望」：want to
I want to...
我想～（去做某事）。

TR36.mp3

重點
說明

我們可以用 want to 來表達「想要～（去做某事）」
to 後面要接原形動詞。

> 我想要走路。
> **I want to walk.**

Pattern ▶ **I want to + 原.**

🖊 先學起來吧！

want to [ˈwɑn(t) tu] 想要～

sing karaoke [ˈsɪŋ ˌkɑrɑˈoke] 唱卡拉 OK

take a break [ˈtekəˈbrek] 休息一下

meet [mit] 與～會面

stay home [ˈste ˈhom] 待在家

leave [liv] 出發，離開

go home [ˈgo ˈhom] 回家

right now [ˈraɪt ˈnaʊ] 馬上

實用例句

1 我想去唱卡拉 OK。

2 我想見直美。

3 我想待在家裡。

4 我想早點離開。

5 我想馬上回家。

6 我想休息一下。

— 98 —

Point

● **want**（想要）**+ to walk**（走路）

　= want to walk（想要走路）

● 當我們想向某人要求什麼時，用 **want to** 來表達顯得<u>太直接又沒禮貌</u>，最好避免這樣用。

● 以下是「禮貌程度」由小至大的順序。

　want to < would like to < wish to

容易出錯的！

當別人跟你說，我們「去 K 歌」時，我們會想到「去唱 KTV／卡拉 OK」。

sing karaoke 唱卡拉 OK。

> 「卡拉 OK」其實來自英文 karaoke 的音譯，
> 它的發音是 [ˌkɑrɑ`oke]。

▷ I want to sing karaoke.

▷ I want to meet Naomi.

▷ I want to stay home.

▷ I want to leave early.

▷ I want to go home right now.

▷ I want to take a break.

表示「願望」：would like to
I'd like to...
我想～（做某事）。

TR37.mp3

 重點說明　**I'd like to 是表達「想要～」的禮貌性說法。**

我想看一下菜單。
I'd like to see a menu.

Pattern ▶　　　I'd like to + 原.

✏️ 先學起來吧！

'd like to [d`laɪk tu] 想要～　　　**get** [gɛt] 買下，拿～

cancel [`kænsl] 取消　　　**stay here** [`ste `hɪr] 待在這裡

try this on [`traɪ ðɪs`sɑn] 試穿這件

make a reservation [`mekə ˌrɛzɚ`veʃən] 預訂

─── 實用例句 ───

1 我想預約。

2 我想取消我的預訂。

3 我想試穿這件。

4 我想要這個。

5 我想留在這裡。

6 （電話中）我要找薰。

Point

● **I want to...**（我想要～。）

 ＜ **I'd like to...**（我想要～。）

　　禮貌地說

I want to **have this.** 我想要吃這個。

I'd like to **have this.** 我想要吃這個。

● 表達「想要～」時，可以用 **want to**，也可以用禮貌說法的 **like to**。但是要將 **would** 放在 **like to** 前面，且 **would** 可以縮寫成 **'d**。

'd like to 想要～（去做某事）

'd like 想要～（什麼東西）

因此，" 'd like to" 是 "want to" 的禮貌說法。

！容易出錯的！

talk 雙向溝通的說話

speak 說話

▷ I'd like to make a reservation.

▷ I'd like to cancel my reservation.

▷ I'd like to try this on.

▷ I'd like to get this.

▷ I'd like to stay here.

▷ I'd like to speak to Kaoru.

表示「請願」：want 人 to
I want to...
我想要～（某人去做某事）。

TR38.mp3

重點
說明　**這個句型用來表達想要或希望別人去做某事。**

> 我想要你留在這裡。
> **I want you to stay here.**

Pattern ▶　I want 人 to + 原 .

✏ 先學起來吧！

son [sʌn] 兒子　　　　　　every day [ˋɛvrɪ de] 每天

help [hɛlp] 幫忙，協助　　too [tu] 也～

實用例句

1　我要你待在家裡。

2　我希望我的兒子更用功些。

3　我要你明天過來這裡。

4　我希望你明天可以幫我一下。

5　我想讓你和我一起去。

6　我要求他們每天待在家裡。

Point

● I want **you** to ～ · （我想要你去～。）

人

I'd like **you** to ～ · （我想請你去～。）

人

● 請特別留意 **want / 'd like** 後面的代名詞用法。

I want 我想要～ I'd like 我希望～	你（們）　you 他　him 她　her 他／她們　them	to ＋原

＜延伸＞

事實上，「**want** 人 **to** ～」當中的「人」也可以換成任何「事物」。此外，在「**want** ＋人事物」的後面，也可能是 **to-V** 以外的形容詞形式。

例 我想要夏天早點到。

I want **summer** to **come early**.

▷ I want you to stay home.

▷ I want my son to study harder.

▷ I want you to come here tomorrow.

▷ I'd like you to help me tomorrow.

▷ I'd like you to come with me.

▷ I want them to stay home every day.

表示「請願」：ask 人 to
I ask to...
我拜託～（某人去做某事）。

TR39.mp3

重點說明 這個句型用來表達「為了什麼而要求／拜託某人（為你做某事）」。

我拜託直美留在這裡。
I asked Naomi to stay here.

Pattern ▶ I ask to 原 .

✏️ 先學起來吧！

wait [wet] 等待

homework [`hom͵wɝk] 功課

five more days [`faɪv `mor ͵dez] 再多五天

wait up for [`wetʌp ͵for] 等候～（某人前來為止）

wife [waɪf] 妻子

實用例句

1 我拜託五郎幫忙我。

2 我要求薰去做這工作。

3 我拜託直美代替我去一趟東京。

4 麻煩請茱蒂再等五天。

5 我要求我太太一定要等我。

6 我拜託我爸爸幫忙我的家庭作業。

Point

● 當一個句子需要用兩個動詞來表達時，將第二個擺在 **to** 後面，當受詞的是名詞或名詞片語。

例 我拜託 對誰 直美 做什麼 留在這裡

I asked　　Naomi　　to stay here.

這個重要！

ask 人 to ~　拜託／要求某人去～（做某事）

tell 人 to ~　告訴某人去～（做某事）

want 人 to ~　想要／希望某人去～（做某事）

！容易出錯的！

× **help my homework**

○ **help me** with **my homework**

中文的「幫忙我的家庭作業」用英文表達的方式如下：

help me　with　my homework

幫忙我　關於　我的家庭作業

▷ I asked Goro to help me.

▷ I asked Kaoru to do this work.

▷ I asked Naomi to go to Tokyo for me.

▷ Please ask Judy to wait five more days.

▷ I asked my wife to wait up for me.

▷ I asked my father to help me with my homework.

40

不定詞（to-V）用法 1
It's fun to...
～（做某事）很有樂趣。

TR40.mp3

> 重點說明
>
> 在英文裡，當主詞較長時，可以將它擺在句子最的後面，並且將 It's 擺在句首，強調的是它後面的形容詞，且讓句子唸起來比較自然。

釣魚**很有樂趣**。
It's fun to go fishing.

Pattern

It's fun to 動.
名 / 形

先學起來吧！

fun [fʌn] 有樂趣的
go fishing [ˋgoˋfɪʃɪŋ] 去釣魚
play cards [ˋpleˋkardz] 打牌

well [wɛl] 很好地
master [ˋmæstɚ] 精通～
in one year [ɪn ˋwʌn yɪr] 1 年內

實用例句

1　玩牌很有趣。

2　和你打網球很有趣。

3　游泳是很容易的。

4　要唱得比你好很難。

5　看電視很有趣。

6　要用一年的時間精通英文是很難的。

Point

● △ **To go fishing** is fun. ○ It's **fun to go fishing.**
　　　　去釣魚

我們中文說「釣魚是有趣的。」
英文的字面意思可能是「有趣的是去釣魚。」

● **fun** 可以當名詞，意思是「有樂趣的、好玩的、令人感興趣的事物」。不過，它也有形容詞的用法喔！

例 很好玩／很有趣

a lot of fun　　**very fun**
　　名詞　　　　　　形容詞

☀ 這個重要！

difficult 比 **hard** 難度高一些，所以在口語會話中，為了讓人比較聽得懂，會比較常說 **hard**。不過，基本上兩者都是通用的。

difficult 「困難」主要是因為具有複雜的技術，或必須運用到技巧。

hard 「困難」主要是因為需要付出努力、勞力或力氣等，也可以解釋為「費力的」。

▷ It's fun to play cards.

▷ It was fun to play tennis with you.

▷ It's easy to swim.

▷ It's hard to sing better than you.

▷ It's interesting to watch TV.

▷ It's difficult to master English in one year.

不定詞（to-V）用法 2
It's easy for 人 to...
對人來說～（做某事）很容易。

TR41.mp3

重點
說明
當你要另外表達「對某人來說」時，可以用
「for 人」。

對我來說，游泳很容易。
It's easy for me to swim.

Pattern
It's easy for 人 to 動 .
形 / 名

✏️ 先學起來吧！

dangerous [ˈdendʒərəs] 危險的

natural [ˈnætʃərəl] 自然的

in this river [ɪn ˈðɪs ˈrɪvɚ] 在這條河中

say so [ˈse so] 這麼說

necessary [ˈnɛsəˌsɛrɪ] 必要的

實用例句

---

1 唱歌對我來說是很容易的。

2 對她來說，要跑得快很難。

3 說英文對他來說並不難。

4 我們在這條河裡游泳是很危險的。

5 對你而言學英文是必要的。

6 你會這麼說是理所當然的。

Point

● 以英文句子來說，主詞過長的話，通常擺在 **is** 後面或句尾，然後在句首用 **it** 來取代原本的主詞，句子聽起來會比較自然。

△ **For me to swim** is **easy**.

　　對我來說游泳　　容易的

○ It's **easy** **for me to swim**.

● 代名詞的使用要注意！

在「主詞＋動詞⋯」的結構中，如果主詞是 I，那麼轉為「**for** ＋人」時，要用 me。

對我來說，做～	**for** me **to**
對你（們）來說，做～	**for** you **to**
對他說，做～	**for** him **to**
對她來說，做～	**for** her **to**
對他／她／它們來說，做～	**for** them **to**
對我們來說，做～	**for** us **to**

▷ It's easy for me to sing.

▷ It's difficult for her to run fast.

▷ It isn't hard for him to speak English.

▷ It's dangerous for us to swim in this river.

▷ It's necessary for you to study English.

▷ It's natural for you to say so.

Pattern
42

不定詞（to-V）用法 3

It's nice of 人 to...

某人～（做某事），真親切。

TR42.mp3

重點
說明
當我們要表達某人的特質或個性時，可以用「of＋人」來表示。

你人真好，還來幫我。
It's nice of you to help me.

Pattern ▶ It's nice of 人 to 原.
形

✏ 先學起來吧！

nice [naɪs] 親切的
such a thing [`sʌtʃə `θɪŋ] 這樣的一個東西
wise [waɪs] 明智的
take an umbrella [`tekə ʌm`brɛlə] 帶把傘
with [wɪð] 連同～

實用例句

1 你會這麼說真是棒。

2 你這麼說是對的。

3 你這樣做是錯的。

4 你說出這種話是很草率的。

5 你帶把傘是明智的。

6 你做出這種事是很不禮貌的。

－ 110 －

Point

● **It's nice of you to help me.** 的 **of** 意思是「有～（某種人格特質）」。

You are nice.（你人真好。）

= It's nice of you

+ **to help me**（幫我個忙）

● 在這個句型中的形容詞，通常用來描述某人給人的道德觀感。

- - - - - - - -
牢牢記住這個！
- - - - - - - -

kind [kaɪd] 親切的

careless [`kɛrlɪs] 不注意的

wise [waɪz] 明智的

impolite [ˌɪmpə`laɪt] 不禮貌的

honest [`ɑnɪst] 誠實的

right [raɪt]（道德上）對的

wrong [rɔŋ]（道德上）錯的

careful [`kɛrfəl] 小心謹慎的

clever [`klɛvɚ] 聰明的

polite [pə`laɪt] 禮貌的

▷ It's nice of you to say so.

▷ It's right of you to say so.

▷ It was wrong of you to do such a thing.

▷ It was careless of you to say such a thing.

▷ It's wise of you to take an umbrella.

▷ It's impolite of you to do such a thing.

how to 的句型
how to...
如何～（做某事）

TR43.mp3

重點
說明

「疑問詞＋ to ＋動詞」具有名詞的功能。

我知道**如何**游泳。
I know how to swim.

Pattern ▶ I know <u>how to</u> 原 .
疑問詞

✎ 先學起來吧！

tell [tɛl] 告訴～
teach [titʃ] 教導（學科等）
how [haʊ] 如何，怎麼
lunch [lʌntʃ] 午餐
what [(h)wɑt] 什麼

next [nɛkst] 下一個（的）
could you [kʊ`dju] 你（們）可以～
how to get to [`haʊ tu `gɛtu] 前往～的方法
say [se] 說話

實用例句

1 教我怎麼開車。

2 告訴我在哪裡吃午飯。

3 告訴我什麼時候打電話給你。

4 告訴我下一步要做什麼。

5 你能告訴我怎麼去丹波篠山市嗎？

6 我不知道該說些什麼。

Point

> how（如何）＋ **to study**（用功念書）
> when（何時）＋ **to study**（用功念書）
> where（在哪裡）＋ **to study**（用功念書）
> what（什麼）＋ **to study**（要念的書）

！容易出錯的！

teach 重複教導<u>知識</u>、<u>技能</u>等

tell 一次告知一件事情

例 東尼教我英文。

Tony teaches me English.

你可以告訴我往東京車站怎麼走嗎？

Could you tell me the way to Tokyo Station?

這個重要！

當我們要說「前往～（某地）」時，也就是指「抵達～」，一般也可以用 get to 來表示。

▷ **Teach me how to drive.**

▷ **Tell me where to eat lunch.**

▷ **Tell me when to call you.**

▷ **Tell me what to do next.**

▷ **Could you tell me how to get to Tamba-Sasayama?**

▷ **I don't know what to say.**

動名詞
Stop ...ing.
停止～（做某事）

TR44.mp3

 重點説明　「動名詞」即「動詞＋ing」，具有名詞的功能。

不可以釣魚。
Stop fishing.

Pattern ▶　Stop + 動 +ing.

先學起來吧！

try [traɪ] 試圖～

stop [sɑtp] 停止，不要～

finish [ˋfɪnɪʃ] 終結～

remember [rɪˋmɛmbə] 記得～

實用例句

1 試著節制飲食。

2 我停止節食了。

3 我們來享受打網球的樂趣。

4 我昨天讀完了這本書了。

5 我記得看過這本書。

6 我永遠不會忘記曾經見過你。

● 在英文裡，如果要同時表達兩個動作，也可以將第二個動詞改為具有名詞功能的「動詞＋**ing**」的形式。

● 「動詞＋**ing**」含有動作的意義在內。

先有「動詞＋**ing**」的動作發生，然後才有第 **2** 個動詞。

例 **Stop fishing.**　　　停止 釣魚這個動作。
　　 2　 1　　　　　　stop 　fishing

由此看來，很容易可以理解「釣魚這個動作」是先發生的。

例 enjoy **swimm**ing　享受游泳的樂趣
　　finish **swimm**ing　游完泳了
　　try **swimm**ing　嘗試游泳

！容易出錯的！

try to...　努力試著要去做～

try ...ing　試著做～看看

例 Try to **read this book.**
　努力試著閱讀這本書。
　Try **read**ing **this book.**
　試試看讀一下這本書。

▷ **Try dieting.**

▷ **I stopped dieting.**

▷ **Let's enjoy playing tennis.**

▷ **I finished reading this book yesterday.**

▷ **I remember reading this book.**

▷ **I'll never forget meeting you.**

Pattern 45

不定詞（to-V）：副詞用法
I'm glad to...
我很樂意～（做某事）

TR45.mp3

重點說明

如果要表達「因為什麼原因」時，也可以用作副詞的不定詞（to-V）來表示。

我很高興遇見你。

I'm glad to meet you.

Pattern ▶

I'm	glad	to + 原.
be動詞	形容詞	不定詞

✏ 先學起來吧！

glad [glæd]（非常）高興的

meet you [`mitju] 遇見你，與你會面

see you again [si ju ə`gen] 再見

happy [`hæpɪ] 快樂的

sorry [`sɔrɪ] 遺憾的

hear [hɪr] 聽到～

castle [`kæsl] 城堡

實用例句

1 我是來買這本書的。

2 我是來看你的。

3 我很高興能再見到您。

4 聽到這個消息我很開心。

5 聽到這消息讓我感到遺憾。

6 我來到熊本市就是為了看熊本城堡。

| Point |

- 如果一個句子同時要用到兩個動詞,可以在第二個動詞前面放上 **to**。
- 英文是從句子前面開始讀的,所以在「**to...**」之前的部分是完整句意且可理解的,而後面的副詞(「**to...**」的部分)在整句中具有修飾的功能。

例 **I came here**   **to buy this book.**
我來到這裡   為了什麼   為了買這本書

！容易出錯的!

came here 來到這裡
came to Kumamoto 來到熊本市

這個重要!

相較於 **happy**,**glad** 更能夠表現出情感。
happy 表示願望等獲得實現或滿足
glad 表示有好事情發生,內心感到快樂。

▷ I came here to buy this book.

▷ I came here to see you.

▷ I'm glad to see you again.

▷ I'm happy to hear the news.

▷ I'm sorry to hear that.

▷ I came to Kumamoto to see Kumamoto Castle.

不定詞（to-V）：形容詞用法
something to...
用來～（做什麼）的某事物

TR46.mp3

重點
說明
當「to ＋原形動詞」用來修飾其前名詞時，則屬於「不定詞的形容詞用法」。

請給我**吃的東西**。
Please give me **something to eat.**

Pattern

something	to + 原
名詞	不定詞

✎ 先學起來吧！

something [`sʌmθɪŋ] 某事物   **give** [gɪv] 給予
anything [`ɛnɪ,θɪŋ] 任何事物
a lot of places [ə `lɑtəv `plesɪs] 許多地方
a little more time [ə `lɪtl̩ `mor `taɪm] 多一點點時間
It's time [ɪts `taɪm] 是～（做某事）的時候了

實用例句

1 你有吃的東西嗎？

2 你有任何可以吃的東西嗎？

3 給我一點冷飲。

4 丹波藤山有很多值得一看的地方。

5 請再給我多一點時間想一下。

6 該吃午飯了。

Point

● 當我們要對一個名詞詳加說明時，可以利用這個句型。

　⑨ 一本可以讀的書　　　　喝的東西　　　　　要做的工作

　　a book to read　　**something to drink**　　**work to do**

● 當形容詞用時，依據時間及場合可能有多種不同的解釋。

　⑨ **a book to read**　可以閱讀的書

　　　　　　　　　　　應該要讀的書

　　　　　　　　　　　讀物

● 在英文裡，當人家問你有沒有「吃的東西」時，如果預計是回答 **Yes.** 的話，就用 something to eat，否則就是用 anything to eat 來回答。

💡 這個重要！

It's about time...　差不多是～的時候了
It's high time...　該是～的時候了
若是將以上例句的 **high** 省略掉，變成 It's time... 時，就有「已經等很久了」的意思在內。

▷ **Do you have something to eat?**

▷ **Do you have anything to eat?**

▷ **Give me something cold to drink.**

▷ **Tamba-Sasayama has a lot of places to see.**

▷ **Please give me a little more time to think.**

▷ **It's time to have lunch.**

anything 用法
I don't have anything to...
我沒有任何～（做什麼）的東西。

TR47.mp3

重點
說明

anything 的意思是「任何事物」。當用於否定句時，
"not have anything" = "have nothing"。

我沒有任何吃的東西。
I don' t have anything to eat.

Pattern | I don't have anything to + 原 .

🖉 先學起來吧！

write [raɪt] 書寫

on [ɑn] 在上面

about [ə`baʊt] 關於～

nothing to be done [`nʌθɪŋ ˌtubi `dʌn] 沒有要做的事情

nothing [`nʌθɪŋ] 沒有東西

lose [luz] 失去

實用例句

1 我沒有什麼可喝的。

2 我沒有任何可以寫東西的工具。

3 我沒有什麼可以寫在上面的。

4 我沒有什麼題材可以寫。

5 我沒有什麼可以失去的。

6 沒有什麼要完成的事。

● 當我們要表達「我沒有（要做什麼）的事情」時，就可以用 nothing 這個字。

I don't have anything to ＋動詞 . ＝ I have nothing to ＋動詞 .

例 **I have nothing to eat.** 我沒有可以吃的東西。

● 我們可以將 **not... anything** 改為 **nothing**，兩者意思相同，但較常用的是 **not... anything**。

● 我們可以認為 **have = there is**。它們都可以表示「某地方有～」。

▷ **I don't have anything to drink.**

▷ **I don't have anything to write with.**

▷ **I don't have anything to write on.**

▷ **I don't have anything to write about.**

▷ **I have nothing to lose.**

▷ **There is nothing to be done.**

表達「請求」
Can you...?
你（們）可以～（做什麼）嗎？

TR48.mp3

重點
說明

Can 和 Will 都可以用於疑問句中，用來向對方提出「請求」。

你可以打開窗戶嗎？
Can you open the window?

Pattern ▶ Can / Will you + 原 ？

✎ 先學起來吧！

sing [sɪŋ] 唱（出）～   song [sɔŋ] 歌（曲）
answer the phone [ˈænsɚ ðə fon] 接電話
make three copies of [ˈmek θri ˈkɑpɪzəv] 將～複印三份
report [rɪˈport] 報告   help [hɛlp] 幫忙～
drive me home [ˈdraɪv mi ˈhom] 開車載我回家
walk me home [ˈwɔk mi ˈhom] 陪我走路回家

實用例句

1 你會唱這首歌嗎？

2 你會接電話嗎？

3 你會把這份報告複印三份嗎？

4 你能幫助我嗎？

5 你能開車送我回家嗎？

6 你能送我回家嗎？

Point

● 當你要問對方「你可以幫我～嗎？」，可以用 **Can you...?** 來表達。

你也可以用 **Will you...?** 來表達。

Will you ~?　通常在「上對下」的關係中比較適合用有命令語氣的 **Will you...?**。

Can you ~?　通常對於關係親近者。

● 如果將 **Will you...?** 的句尾音調降低（↘），可以表現較為客氣或委婉的命令語氣。

▷ **Will you sing this song?**

▷ **Will you answer the phone?**

▷ **Will you make three copies of this report?**

▷ **Can you help me?**

▷ **Can you drive me home?**

▷ **Can you walk me home?**

禮貌性的請求
Could you...?
麻煩你（們）～（做什麼）好嗎？

TR49.mp3

 重點
說明

可以用 Can 和 Will 的過去式來表達較為客氣的詢問或請求。

麻煩你打開窗戶好嗎？
Could you open the window?

Pattern > Could / Would you + 原 ？

✎ 先學起來吧！

for me [for mi] 為了我
close [kloz] 關閉～

take me to [kek mi tu] 帶我到～
pick me up [pɪk mi ʌp] 接送我

實用例句

1 你可以代替我去松本市嗎？

2 你可以幫我個忙嗎？

3 你可以把門關上嗎？

4 你能開車送我回家嗎？

5 你可以開車送我到熊本城嗎？

6 你可以到大阪車站接我嗎？

Point

● Can / Will you...? 的更禮貌性說法是 Could / Would you...?。

● 比較「你可以～」以及「可以麻煩你～」這兩句，可以明顯感覺出多了「麻煩你」時，讓說話者更加**客氣與親切**。

在英文裡，使用助動詞 can 與 will 的過去式可以讓語氣更加**委婉或客氣**。

！容易出錯的！

take you to Tokyo Station　帶你到東京車站

drive you to Tokyo Station　載你到東京車站

pick you up at Tokyo Station　到東京車站接你

▷ Would you go to Matsumoto for me?

▷ Would you help me?

▷ Would you close the door?

▷ Could you drive me home?

▷ Could you take me to Kumamoto Castle in your car?

▷ Could you pick me up at Osaka Station?

Pattern

50

對於「未來」的詢問

Will you...?

你（們）將～嗎？

TR50.mp3

重點說明 可以用 will 來形成一個疑問句，用來詢問關於未來的事件。

你明天會待在家嗎？
Will you stay home tomorrow?

Pattern ▶ Will you + 原 ?
主詞

先學起來吧！

will [wɪl] 將…（用來表示「未來」的助動詞）　**believe** [bɪˋliv] 相信～

leave [liv] 出發，離開　**stay home** [ˋste ˋhom] 待在家

leave for [ˋliv fɔr] 出發前往～

next Sunday [ˋnɛkst ˋsʌnde] 下週日

實用例句

1 你明天有空嗎？

2 你今天下午要忙嗎？

3 你明天早上會離開是嗎？

4 下週日你要前往東京嗎？

5 東尼會相信你嗎？

6 你明天會待在家裡嗎？

Point

● 所以，可以用 **Will you...?** 來詢問對方未來的事情。

● 當 **Will you** 後面不是接一般動詞時，可以用「**be** 動詞＋形容詞／副詞」來取代這個動詞。

　例 你明天要忙嗎？

　　Will you be busy **tomorrow** ?

- - - - - - - -
記住這個重點
- - - - - - - -

未來事件的表現方式

will 單純表示未來的事情。

be going to 對於未來帶有意志力的涵義。

　例 你明天會待在家嗎？

　　Will **you stay home tomorrow?**

　　你明天要待在家嗎？

　　Are **you** going to **stay home tomorrow?**

　　也可以將主詞 you 的部分替換成 she、Tony、they... 等。

▷ **Will you be free tomorrow?**

▷ **Will you be busy this afternoon?**

▷ **Will you leave tomorrow morning?**

▷ **Will you leave for Tokyo next Sunday?**

▷ **Will Tony believe you?**

▷ **Will you stay home tomorrow?**

請求許可
Can I...?
我可以～嗎？

TR51.mp3

 重點說明　用「我可以～嗎？」這句話來請求對方的許可。

我可以把窗戶打開嗎？
Can I open the window?

Pattern ▶　　　Can I + 原 ?

✎ 先學起來吧！

borrow [baro] 借來～
use [juz] 使用～
bathroom [`bæθrum] 浴室
clear the table [`klɪr ðə `tebl]（飯後）收拾桌子

set the table [`sɛt ðə `tebl] 擺餐具
watch TV [`watʃ `tivi] 看電視

實用例句

1　我可以借一下你的筆嗎？
2　我可以去上洗手間嗎？
3　我可以擺餐具了嗎？
4　我可以收拾桌子了嗎？
5　我可以在這裡唸書嗎？
6　我可以看電視嗎？

| Point |

● 這句話通常用於**較熟識的關係**中。當對方是你的高位者,或者是與你不熟悉的人,應避免使用這句話。

!容易出錯的!

當你要表達禮貌性的請求時,用 **could** 比較好。不過,在回答時,無論對方是用 **can** 或 **could** 來問你,用 **can** 來回答即可。否則如果是用 **could** 來回答,會含有「這只是有可能的(具有不確定性)」意義在內,因此應用 **can** 來回答。

例 A:我可以打開窗戶嗎?

Could I open the window?

B:是的,你可以。

Yes, you can.

▷ **Can I borrow your pen?**

▷ **Can I use the bathroom?**

▷ **Can I set the table?**

▷ **Can I clear the table?**

▷ **Can I study here?**

▷ **Can I watch TV?**

Pattern
52

委婉地請求許可
May I...?
我可以～嗎？

TR52.mp3

 重點
說明

對於高位者或不熟悉者的請求，可以用這個句型來表達。

> ## 我可否把窗戶打開呢？
> ## May I open the window?

Pattern ▶   **May I + 原?**

✏️ 先學起來吧！

close [kloz] 關閉～
come in [`kʌmɪn] 進來
have this [`hæv `ðɪs] 取用這個
come to see you [`kʌm tu `si `ju] 過來看你

實用例句

1　我可否用一下洗手間呢？
2　我可否借一下你的筆呢？
3　我可以關窗戶嗎？
4　我可以進來了嗎？
5　我可以要這個嗎？
6　我明天下午可以來看你一下嗎？

● **May I...?** 比 **Can I...?** 在語氣上更加有禮貌些。

容易出錯的！

對於 **May I...?** 的問句，其回答可能依彼此關係的差異而有所不同。

A：**May I** open the window?　我可以將窗戶打開嗎？

B：**Yes, you may.**　是的，你可以。　**對方比你年長**

C：**Yes, you can.**　是的，你可以。　**對方比你年輕**

- - - - - - - - -
記住這個重點

May I help you?　有什麼需要為您效勞的嗎？

Yes, please.　是的，麻煩一下。

No thank you.　沒有，謝謝您。

這個重要！

use　使用時無法移動該物品

borrow　使用時移動該物品

▷ **May I use the bathroom?**

▷ **May I borrow your pen?**

▷ **May I close the window?**

▷ **May I come in?**

▷ **May I have this?**

▷ **May I come to see you tomorrow afternoon?**

Pattern **53**

shall 的用法
Shall we...?
我們可以～嗎？

TR53.mp3

重點說明 當你想邀請同行者一起做某事時，可以用 "Shall we...?"，表示「我們（一起）來～吧！」。

我們一起來打網球好嗎？
Shall we play tennis?

Pattern ▶　　　Shall we + 原？

先學起來吧！

go home [`go `hom] 回家
now [naʊ] 現在，當今
take a bus [`tekə `bʌs] 搭公車

taxi [`tæksi] 計程車
rent a car [`rɛntə `kɑr] 租車

實用例句

1　我們來跳舞好嗎？

2　我們來打牌好嗎？

3　我們現在走好嗎？

4　我們現在回家好嗎？

5　我們要搭公車還是搭計程車呢？

6　我們來租一輛車好嗎？

● 當你聽到 **Shall we...?** 的問話時，回答方式可能有以下幾種：
Yes, let's.　好啊，我們走。
Sure. / OK.　當然。／沒問題。
No, let's not.　不，（我們）不行。
I don't want to.　我不想（去）。

- - - - - - -
記住這個重點
- - - - - - -

當你想要提出請求時，可以用 **"Shall I...?"** 來表示「我能不能～（做某事）呢？」

也將以下可能回答的方式記起來吧！
Yes, please.　是的，麻煩一下。
No, thank you.　不用了，謝謝您。

▷ **Shall we dance?**

▷ **Shall we play cards?**

▷ **Shall we leave now?**

▷ **Shall we go home now?**

▷ **Shall we take a bus or a taxi?**

▷ **Shall we rent a car?**

邀請對方
Let's...
我們來～吧！

TR54.mp3

重點
說明

當你想邀請對方做某事時，可以說「我們來～（做某事）吧！」。這裡的「做某事」要用原形動詞。

我們出去外面吧！
Let's go out.

Pattern ▶ Let's + 原 .

🖊 先學起來吧！

have lunch [hæv`lʌntʃ] 吃午餐

eat in [`itɪn] 在店裡用餐

eat out [`it `aʊt] 出外用餐，外食

start [stɑrt] 開始

get married [`gɛt `mærɪd] 結婚

go shopping [`go`ʃɑpɪŋ] 去購物

實用例句

1 我們一起吃午餐吧。

2 我們進去吃吧。

3 我們不要外食。

4 我們開始吧。

5 我們結婚吧。

6 一起去購物吧。

● 當你想要表達「我們來～（做某事）吧！」，可以用「**Let's** ＋原形動詞」的句型。**Let's** 是 **Let us** 的縮寫。當你要鼓勵對方時，務必要用 **Let's**。

● 當你要表達「我們不要～（做某事）好了」，可以用「**Let's not** ＋原形動詞」。

回答時可以這麼說：

Yes, let's.　好啊，我們去吧。

No, let's not.　不，我們不要去。

> No, let's not do it.　表示（不了，我們別這麼做。）

！容易出錯的！

Shall we ...?　用於詢問式的邀請。

Let's ...　　　當你認為對方會同意時，最好用這句。

▷ **Let's have lunch.**

▷ **Let's eat in.**

▷ **Let's not eat out.**

▷ **Let's start.**

▷ **Let's get married.**

▷ **Let's go shopping.**

允許自願：let

Let me...

我來～吧！

TR55.mp3

重點
說明

「Let＋人＋原形動詞」表示「讓某人來～（做某事）」。

我來做（這件事）吧！

Let me do it.

Pattern > Let me ＋ 原.

✏️ 先學起來吧！

let me [ˋlɛt mi] 讓我～（做某事）

have a look at [ˋhævə ˋlukæt] 看著～

think about [ˋθɪŋkəˋbaʊt] 思考著～

taste [test] 嘗起來～

實用例句

1 讓我看看。　　用 have

2 讓我來了解一下。　　用 see

3 讓我想想。

4 讓我嚐嚐。

5 讓我來幫你。

6 讓我來幫忙你的工作。

Point

● 「**Let me** ＋原形動詞」表示「讓我來～（做某事）」。另外，它也可以解釋成「我將會～（做某事）」，等同於「**I will** ＋原形動詞」的句型。

● 在許多情況中，你可能會說 **Let me see.**。這時候的 **see** 其實是「思考」的意思。
Let me see. ＝讓我想一下。＝我想想。

- - - - - - - - -
記住這個重點

我來看看。

Let me see it.

see 根據時機與場合的不同
而有不同的含意

Let me have a look at it.

▷ **Let me have a look at it.**

▷ **Let me see it.**

▷ **Let me think about it.**

▷ **Let me taste it.**

▷ **Let me help you.**

▷ **Let me help you with your work.**

Pattern

56

表示能力：can

I can...

我可以～。

TR56.mp3

重點
說明

can 是個表示「能力」的助動詞。
助動詞可以改變動詞的使用情境。

我**會** 游泳。

I can swim.

Pattern ▶ I can + 原 .

✎ 先學起來吧！

emu [ˋimju] 鴯鶓，食火雞（比鴕鳥小一些、無法飛翔的鳥類）
ride [raɪd] 騎乘

實用例句

1. 我會說一點英語。
2. 我可以騎自行車。
3. 鴯鶓不會飛，但牠們可以跑得很快。
4. 我不是很會做飯。
5. 我會開車。
6. 我不會唱歌。

— 138 —

Point

● **can** 的含意是「身體方面」，以及「知道如何達成」的能力。

　例　我可以跑步。

I can **run.**　身體方面的能力

我會彈鋼琴。

I can **play the piano.**　「知道怎麼做」的能力

● **can** 的否定形有 can't、cannot、can not 三種。在口語會話中多用 **can't**。

！容易出錯的！

當我們要問別人是否能夠做某事時，用 **do/does** 會比用 **can** 來得更有禮貌。尤其問到對方能力方面的問題時應小心，避免用 **can**。

　例　你會說英語嗎？

Do you speak English?

▷ **I can speak a little English.**

▷ **I can ride a bike.**

▷ **Emus can't fly, but they can run very fast.**

▷ **I can't cook very well.**

▷ **I can drive a car.**

▷ **I can't sing.**

表示能力：able

I am able to...

我能夠～。

TR57.mp3

重點
說明

「能力」的表達用語。當你要特地表示有能力做什麼時，用 be able to 會比 can 更好。

我能夠溜冰。
I am able to skate.

Pattern ▶ I am able to + 原 .

✎ 先學起來吧！

be able to [bɪ `ebḷ tu] 有能力～（做某事）
when [(h)wɛn] 當～時候
chopsticks [`tʃɑpˏstɪks] 筷子
soon [sun] 很快地

only [`onlɪ] 僅只～
pass [pæs] 通過～
attend [ə`tɛnd] 參加，出席～
meeting [`mitɪŋ] 會議

實用例句

1 我會游泳。

2 當我還是個學生時，我就會游泳了。

3 你將很快就會用筷子了。

4 只有我能夠通過這項測試。

5 我將無法出席這場會議。

6 我會講英文。

● 能夠～（做某事）**= can = be able to**。大家在中學時代一定都
學過了，但實際上有些微意思的差異。

can　知道～（做某事）的方法
be able to　擅長～（做某事）

比方說，英語的母語人士如果這麼說，是很不自然的：

I am able to speak English.　我能夠說英語。

但非母語人士說這句話是很自然的。

● 如果你想要以不同的時態來表達，可參考以下：

現在	I	can	am able to
過去	I	〔△〕could	was able to
未來	I	×	will be able to

！容易出錯的！

由於 **could** 可用來表示「可能會發生，或不太可能會發生」，
所以當你要表達過去的事件時，應使用 **be able to**。

▷ **I'm able to swim.**

▷ **I was able to swim when I was a student.**

▷ **You will be able to use chopsticks soon.**

▷ **Only I was able to pass the test.**

▷ **I won't be able to attend the meeting.**

▷ **I am able to speak English.**

Pattern **58**

表示義務：must

I must...

我必須～。

TR58.mp3

重點説明 **must** 是個表示「義務」的助動詞。

我現在**得**走了。
I must go now.

Pattern ▶ **I must + 原 .**

先學起來吧！

go out [go `aʊt] 外出
late [let] 很晚地

stay up [`ste ʌp] 熬夜
for now [for `naʊ] 就是現在，目前

實用例句

1. 你今天不能出去。

2. 你晚上不能熬夜。

3. 今天和明天我必須待在家裡嗎？

4. 現在，你必須待在家裡。

5. 你今天必須在家吃飯。

6. 目前，我們不能外出用餐。

Point

● must 的意思是「一定要～（做某事）」。
如果 You must... 放在句首，其意義等同一個有命令語氣的句子。

● 要表達否定的語意時，可以用 You must not 或是 You mustn't [juˋmʌsn̩t]，表示「你不可以～（做某事）」，意思上幾乎等同於 Don't...。

● 也可以用於 Must I...? 的句子中，表示「我必須～嗎？」。
意思上幾乎等同於 Do I have to...?。

！容易出錯的！

eat in　在家用餐
eat out　出外用餐

▷ **You mustn't go out today.**

▷ **You mustn't stay up late at night.**

▷ **Must I stay home today and tomorrow?**

▷ **For now, you must stay home.**

▷ **You must eat in today.**

▷ **For now, we mustn't eat out.**

表示義務：have to

I have to...

我不得不～。

TR59.mp3

 have to 用來表示「義務」。常用於口語會話中。

我現在**必須**走了。

I have to go now.

Pattern ▶ I have to + 原.

✏️ 先學起來吧！

have to [ˈhæv tu] 必須，不得不～   **get up** [gɛt ˋʌp] 起床

work [wɝk] 工作   **at six** [æt ˋsɪks] 在 6 點

too [tu] 也～   **eat it all** [ˈitɪt ˋɔl] 全部吃完

because I have to [bɪˋkɔzaɪ ˋhæv tu] （無助地說）因為我必須～

實用例句

1　我不得不離開你。

2　我明天也得上班。

3　我明天不必六點起床。

4　你不必全部吃掉。

5　我正在讀英文，因為我必須這樣做。

6　我明天必須八點到這裡嗎？

Point

● must 較著重於自我的意志認為必須去做什麼。

have to 偏向於因為客觀因素使得我必須去做什麼。

兩者在意義上本來就有些許差異，且也有使用情境上的不同，
但初學者仍可將兩者視為具有相同的意義。

● **must** 沒有過去式，因此要表達過去的事情件時，可以用 had to。

例 I had to **get up early this morning.**

我今天早上必須早起。

● **have to** 之所以解釋成「必須～」的理由如下：

<u>have</u> + <u>to</u> +原形動詞
　有　　　　去做的事

例 I have（有）**+ to study.**（去念書）

我得去念書了。

因為我有書要念，所以我必須去念書。

I don't have（沒有）**+ to study.**（去念書）

我沒必要去念書。

因為我沒有書要念，所以我「沒有必要去念書」。

🔆 **這個重要！**

我不得不＝因為我必須＝ because I have to

▷ **I have to leave you.**

▷ **I have to work tomorrow, too.**

▷ **I don't have to get up at six tomorrow.**

▷ **You don't have to eat it all.**

▷ **I'm studying English because I have to.**

▷ **Do I have to come here at eight tomorrow?**

表達意志：will
Then I will...
那麼我會～。

TR60.mp3

重點
說明

助動詞 will 可以表達「意志」或「將來」。
在口語會話中經常會加上 then 一起使用。

那麼，我要走了。
Then I will leave.

Pattern ▶ **Then I will + 原 .**

 先學起來吧！

call you back [ˈkɔl juˈbæk] 回你電話
make you lunch [ˈmekju ˈlʌntʃ] 做晚餐給你吃
twenty years old [ˈtwɛntɪ ˈyɪrz ˈold] 20 歲
June [dʒjun] 6 月
nineteenth [ˈnaɪnˈtinθ] 第 19

實用例句

1 那麼我再回你電話。

2 那麼我今天就待在家裡。

3 然後我會幫你完成你的工作。

4 那麼我會做午飯給你吃。

5 六月十九日我就二十歲了。

6 我們明天有空。

Point

● 在口語會話中，我們經常聽到人家說「那麼，我會～（去做某事）。」

● 在中學時代時，老師都會教說 **will** 是「將要～」的意思。

● 在某些情況中，**will** 可以表示「意志」，而在某些情況中，它單純用來指出未來的事情。

　例 **We** will **be busy tomorrow.**
　　 我們明天會很忙。

● 在口語會話中，I will 經常縮寫成 **I'll** [aɪl]。不過，當你想要表達出自己的強烈意志時，要用 I will，不要用 **I'll**。

　▷ **Then I'll call you back.**

　▷ **Then I'll stay home today.**

　▷ **Then I'll help you with your work.**

　▷ **Then I'll make you lunch.**

　▷ **I'll be twenty years old on June the nineteenth.**

　▷ **We'll be free tomorrow.**

表達建議：should
You should...
你應該～。

TR61.mp3

重點
說明

助動詞 should 可以用來向對方提出建議，你可以說「你應該～（做某事）。」

你**應該**唸英文了。
You should study English.

Pattern ▶ You should + 原 .

✏️ 先學起來吧！

should [ʃʊd] 應該～（做某事），最好～（去做某事）
take the subway [ˋtekə ðə ˋsʌbwe] 搭地鐵
leave [liv] 出發　　**take a taxi** [ˋtekə ˋtæksɪ] 搭計程車
harder [ˋhɑrdə] 更努力　　**give it a try** [ˋɡɪvɪtə ˋtraɪ] 嘗試看看

___

實用例句

1　你應該現在就出發了。

2　你應該更努力用功念書。

3　你應該搭計程車。

4　你應該搭乘地鐵。

5　你應該試一試。

6　我該待在家裡嗎？

● **You should...** 在中學的課堂上都會教你說是「你應該～。」的
意思，另外我們也要學習它用於「給予建議」的情境，表示「你
最好是～（這麼做）」。

以下也可用來表示「你最好是～（這麼做）」

ought to... 　意義上比 **should** 更為明確。

had better... 　特別要向對方警告，「你最好是這麼做，否則會有
麻煩」的意思，因此不適合下對上或晚輩對長輩的
情況。

- - - - - - - - - - - -
記住這個用法
- - - - - - - - - - - -

Should I...? 　我可不可以～？

💡 這個重要！

take a taxi 　　　　搭計程車（只要是計程車都可以）

take the subway 　搭地鐵（告知最近的地鐵站在哪）

▷ **You should leave now.**

▷ **You should study harder.**

▷ **You should take a taxi.**

▷ **You should take the subway.**

▷ **You should give it a try.**

▷ **Should I stay home?**

附加問句 1
..., don't you?
〜，不是嗎？

TR62.mp3

重點
說明
可以用「〜是這樣嗎？」的附加問句，來向對方做進一步的確認。

你會說英文，**不是嗎？**
You speak English, don' t you?

Pattern ▶ 　　　　　肯定句 , don't you?

✏️ 先學起來吧！

play the piano [`ple ðə pɪˋæno] 彈鋼琴
nice day [`naɪs `de] 好天氣的日子

實用例句

1 你會彈鋼琴，不是嗎？

2 這是個好日子，不是嗎？

3 直美網球打得很好，不是嗎？

4 富士山是最美麗的山，不是嗎？

5 你會游泳，不是嗎？

6 這些車是你的，不是嗎？

Point

● 「～，不是嗎？」在英文有兩種表示方式，要看前面的動詞是
何種形式。

(a) 主詞＋動詞～ **, doesn't / don't** ＋代名詞？

Tony likes **dogs**, doesn't he?

東尼喜歡狗，不是嗎？

(b) 主詞＋ **be** 動詞～ **, isn't / aren't** ＋代名詞？

That hill is beautiful, isn't it?

那座山丘很美，是不是？

● 附加問句的部分，如果對自己說的話有信心，將語尾降調（＼），
如果不是那麼有信心，則將語尾升調（／）。

▷ **You play the piano, don't you?**

▷ **It's a nice day, isn't it?**

▷ **Naomi plays tennis well, doesn't she?**

▷ **Mt. Fuji is the most beautiful mountain, isn't it?**

▷ **You can swim, can't you?** 　　對自己所言有信心的語調

▷ **These cars are yours, aren't they?** 　　對自己所言有信心的語調

附加問句 2
..., do you?
～，是嗎？

TR63.mp3

重點
說明
如果逗號（,）前面的句子是肯定句，附加問句用否定，如果前面的句子是否定句，則附加問句用肯定。

你不會說日語，**是吧？**
You don't speak Japanese, do you?

Pattern▶ 否定句 **, do you?**

🖊 先學起來吧！

crowd [kraʊd] 擠滿
fly [flaɪ] 飛翔
from Canada [frɑm `kænədə] 來自加拿大
T-shirt [`ti `ʃɝt] T 恤
brand-new [`brænd nju] 全新的

―― 實用例句 ――――――――――――――――――――

1 這輛公車並不擁擠，是嗎？

2 你今天不忙，是嗎？

3 鴯鶓不會飛，對嗎？

4 你不是來自加拿大，是吧？

5 這房間並不冷，是吧？

6 你的 T 恤不是全新的，是嗎？

● 在逗號（,）前面如果是否定句，整個句子就示「～,是嗎?」的意思，前面如果是 **don't**，附加問句要用 **do**，前面如果是 **doesn't**，附加問句要用 **does**，前面如果是 **can't**，附加問句要用 **can**。如果沒有一般動詞的話，就是 **be** 動詞的用法。

(a) 主詞＋**don't / doesn't / can't...** , **do / does / can**＋代名詞?

You don't **cook,** do **you?**

你不會煮飯，是吧?

(b) 主詞＋ **isn't / aren't ...** , **is / are** ＋代名詞?

Today isn't **your birthday,** is **it?**

今天不是你的生日，是嗎?

● 用這個句子來思考吧!

You don't speak English. ＋ Do you **speak English?**

我認為你不會說英語。　　　　　你真的會說英語嗎?

＝ **You don't speak English,** do you**?**

▷ **This bus isn't crowded, is it?**

▷ **You aren't busy today, are you?**

▷ **Emus can't fly, can they?**

▷ **You aren't from Canada, are you?** 　　對自己所言有信心的語調

▷ **It isn't cold in this room, is it?**

▷ **Your T-shirt isn't brand-new, is it?** 　　對自己所言有信心的語調

現在完成式：持續
I have＋過去分詞＋since...
自從～以來我已～。

TR64.mp3

重點
說明
當過去的狀態到現在一直持續存在時，可用此句。

我**從**昨天開始**就一直**很忙。
I have been busy since yesterday.

Pattern ▶ I have + 過去分詞 + since...

先學起來吧！

been [bin] is, am, are 的過去分詞

since [sɪns] 自從～

for two years [fɔr `tu `jɪrz] 兩年來

this morning [`ðɪs`mɔrnɪŋ] 今天早上

raining [`renɪŋ] 下雨的

snowing [`snoɪŋ] 降雪的

實用例句

1. 我從昨天開始就有空了。

2. 我已在這裡住兩年了。

3. 我已經念了兩個小時的書了。

4. 我父親從今天早上就一直在看電視。

5. 從昨晚開始就一直在下雨。

6. 雪已經下了五個小時了。

Point

● 當你要表達一個過去持續到現在的狀態時，可以用此句型。

I am busy now. 我現在很忙。

＋ **I was busy yesterday.** 我昨天很忙。

→ I am was busy now yesterday.（ ✕ ）

　　　↓　　↓　　　　　↓

→ **I have been busy since yesterday.**（ ○ ）

我從昨天開始就一直很忙。

> 請以這樣的方式記住：處於
> 忙碌的狀態＋從昨天到現在

● 以文法用語來說，我們稱之為表「持續狀態」的「現在完成式」。

動詞要用「過去分詞」，**be** 動詞的話要改為 **been**。

🔳 **I have lived in Tokyo for two years.**

我已經住在東京兩年了。

Tony has been busy since yesterday.

東尼從昨天就一直很忙了。

▷ **I have been free since yesterday.**

▷ **I have lived here for two years.**

▷ **I have been studying for two hours.**

▷ **My father has been watching TV since this morning.**

▷ **It has been raining since last night.**

▷ **It has been snowing for five hours.**

Pattern
65

現在完成式：經驗
Have you ever + 過去分詞?
你（從過去到現在）曾經～嗎？

TR65.mp3

重點說明 | 這句話表示詢問對方是否一直都記得過去的某項經驗。將 have 置於句首形成一個疑問句。

你曾經看過富士山嗎？
Have you ever seen Mt.Fuji?

Pattern ▶ Have you ever 過去分詞？

 先學起來吧！

ever [ˋɛvɚ] 曾經
seen [sin] see（看見～）的過去分詞
had [hæd] have（吃～，喝～）的過去分詞
rice wine [ˋraɪs ˋwaɪn] 酒、日本酒

castle [ˋkæsl] 城
read [rɛd] read（閱讀～）的過去分詞
played [pled] play（玩～）的過去分詞
golf [gɔlf] 高爾夫球

實用例句

1　你曾經見過老虎嗎？

2　你曾經吃過壽司嗎？

3　你曾經喝過米酒嗎？

4　你曾經去過熊本城嗎？

5　你曾經看過這本書嗎？

6　你曾經打過高爾夫球嗎？

● 當你要問對方「你是否曾經～？」時，可以用這個句型。對於這個問題的回答，這麼回答較佳：

是的。　**Yes, I** have.

沒有。　**No, I** haven't. / **No, I** never have. / **No,** never.

● 就文法觀點來說，我們稱之為表「經驗」的「現在完成式」用法。如果你用過去式來詢問對方，你問的純粹是過去的事件，例如，「你做了～嗎？」如果你用現在完成式來問，你問的是過去的經驗，例如，「你曾經～嗎？」

！容易出錯的！

當你要表達，你「曾經去過哪裡」時，不可以用 **go** 的過去分詞 **gone**。因為 **gone** 有「已經去了，人已經不在這裡的」的意思。

例 **Tony** has gone **to Tokyo.**

東尼已經到東京去了（現在人不在這裡）。

記住這個重點

be in ~　位於～　**be to ~**　前往～

例 **I have** been in **Tokyo.**　我一直都在東京。

I have been to **Tokyo.**　我曾經去過東京。

▷ **Have you ever seen a tiger?**

▷ **Have you ever had sushi?**

▷ **Have you ever had rice wine?**

▷ **Have you ever been to Kumamoto Castle?**

▷ **Have you ever read this book?**

▷ **Have you ever played golf?**

現在完成式：沒有經驗

I have never + 過去分詞.

我從未～。

TR66.mp3

重點
說明

never 可以用來表示你從來沒經歷過某件事。

我從未見過獅子。

I have never seen a lion.

Pattern ▶ I have never 過去分詞.

🖉 先學起來吧！

never [ˈnɛvɚ] 從不～

visited [ˈvɪzɪtɪd] visit（造訪～）的過去分詞

sake [ˈsɑki] 日本清酒

tower [ˈtaʊɚ] 高樓，塔

實用例句

1 我從未沒有去過丹波藤山。

2 我從沒去過藤山城堡參觀過。

3 我從來沒有吃過壽司。

4 我從來沒有喝過清酒。

5 我從來沒有打過高爾夫球。

6 我從來看過東京塔。

Point

● I have not ever = I have never　我從未～。

　　例　I **haven't ever** seen a lion.

　　　　I have **never** seen a lion.

　　因為 ever 是「曾經」的意思，
　　not ever 就是「從未～」的意思。

！容易出錯的！

當別人問你這樣的問題時，你的回答可能有以下的方式：

Have **you** ever seen a lion?　你看過獅子嗎？

　　Yes, I have.　是的，我看過。

　　No, I haven't.　不，我沒看過。

　　× **No, I have never.**

　　○ **No, I never have.**

　　○ **No, never.**

　　在使用 never 時，請多加注意它的擺放位置。

　　▷ **I have never been to Tamba-Sasayama.**

　　▷ **I have never visited Sasayama Castle.**

　　▷ **I have never had sushi.**

　　▷ **I have never had sake.**

　　▷ **I have never played golf.**

　　▷ **I have never seen Tokyo Tower.**

現在完成式：完成
I have already + 過去分詞.

我已經～。

TR67.mp3

重點說明

當你要表達過去某件事情，到現在已經完成了，可以在 have 和過去分詞之間加入 already，讓意思更加明顯。

> 我已經看完這本書了。
> **I have already read this book.**
>
> **Pattern ▶** I have already 過去分詞 .

✏️ 先學起來吧！

just [dʒʌst] 剛才

breakfast [ˈbrɛkfəst] 早餐

finished [ˈfɪnɪʃt] finish（完成，結束～）的過去分詞

left [lɛft] leave（出發）的過去分詞

already [ɔlˈrɛdɪ] 已經

實用例句

1 我才剛吃完午飯。

2 我已經吃過早餐了。

3 我剛剛才讀完這本書了。

4 我已經做完家庭作業了。

5 我們的公車已經開走了。

6 我媽媽才剛離開。

Point

● 這句是表達「完成」的「現在完成式」用法。

I have already + 過去分詞～.

我已經～。

I have just + 過去分詞～.

我才剛～／我正好已經～。

● already 若置於句尾，具有強調作用，且可表達驚訝之意。

例 東尼已經吃完早餐了。

Tony has already had breakfast.

↓

東尼終於吃完早餐了！

Tony has had breakfast already!

▷ I have just finished lunch.

▷ I have already had breakfast.

▷ I have just finished reading this book.

▷ I have already finished my homework.

▷ Our bus has already left.

▷ My mother has just left.

現在完成式：疑問句

Have you + 過去分詞 + yet?

你已經～了嗎？

TR68.mp3

重點
說明
本句用於詢問對方是否已完成某事，可於句尾加上 yet。

你看過這本書嗎？
Have you read this book yet?

Pattern　Have you 過去分詞 yet ?

先學起來吧！

yet [jɛt] 已經
seen [sin] see（看見～）的過去分詞
found [faʊnd] find（發現～）的過去分詞

實用例句

1 你看完這本書了嗎？

2 你吃過午餐了嗎？

3 你完成你的工作了嗎？

4 你看過富士山嗎？

5 你打電話給你父親了嗎？

6 你已經找到工作了嗎？

Point

● **Have you ＋過去分詞 yet?** 你已經～了嗎？

● **Have you ＋過去分詞 already?** 你終於已經～了嗎？

可以用 already 來表示驚訝之意。

這個重要！

work 是不可數名詞，前面不能加 **a**，**job** 是可數名詞，所以可以說 **a job**。

容易出錯的！

finish 後面要擺放一個「動作」時，要用動詞的 **ing** 形式，因此請注意以下兩個句子的差異：

例 **Have you** finished read**ing** this book yet?
你讀完這本書了嗎？

Have you read **this book yet?**
你讀過這本書了嗎？

▷ Have you finished reading this book yet?

▷ Have you had lunch yet?

▷ Have you finished your work yet?

▷ Have you seen Mt. Fuji yet?

▷ Have you called your father yet?

▷ Have you found a job already?

現在完成式：否定句
I have not + 過去分詞 + yet.
我尚未～。

TR69.mp3

 重點說明　當你要表達某事尚未完成時，可以將 not 加在 have 後面，並可在句尾加上 yet。

我還沒看過這本書。
I have not read this book yet.

Pattern ▶　I have not 過去分詞 yet .

✎ 先學起來吧！

haven't... yet [ˋhævn̩t... jɛt] 尚未～（做某事）
homework [ˋhomwɝk] 家庭作業
gone up [ˋɡɑn ˏʌp] go up（上去）的過去分詞

實用例句

1 我還沒有看完這本書。

2 我還沒吃過午飯。

3 我還沒做完我的作業。

4 我還沒有清掃我的房間。

5 我還沒上去過東京鐵塔。

6 我還沒打電話給我父親。

Point

● 這是個用來表達「我還沒做過／還沒完成～。」的句型。

「你看過這本書嗎？」 **"Have you read this book yet?"**

「我還沒看過。」 "I have not read it yet."

「沒有，還沒。」 "No, not yet."

！容易出錯的！

注意 go [go] 和 gone [gɑn] 的發音。在英語的發音中，雙母音（[aɪ]、[aʊ]、[ɔɪ]）中的<u>第一個母音要發較重的音</u>。當你將第一個母音發較重的音時，第二個母音自然會變輕音。

例 boy [bɔɪ]

▷ I haven't finished reading this book yet.

▷ I haven't had lunch yet.

▷ I haven't finished my homework yet.

▷ I haven't cleaned my room yet.

▷ I haven't gone up Tokyo Tower yet.

▷ I haven't called my father yet.

間接問句 1
I don't know where...
我不知道～在哪裡。

TR70.mp3

重點
說明　**當疑問詞擺在句子的中間時，可以形成間接問句。**

我不知道你住在**哪裡**。
I don't know where you live.

Pattern ▶　I don't know where 主 動 .
　　　　　　　疑問詞

✏️ 先學起來吧！

where [(h)wεr] 在哪裡　　　　**how** old [`haʊ `old] 年紀多大

how [haʊ] 如何，怎麼　　　　**how** many [`haʊ `mεnɪ] 有多少

實用例句

1 我不知道直美在哪裡。

2 告訴我你住在哪裡。

3 我知道富士山有多高。

4 你知道松本城堡的歷史有多久嗎？

5 你知道那個男孩是誰嗎？

6 我不知道我有多少個袋子。

Point

● 由疑問詞引導的間接問句，以「**疑問詞 + 主詞 + 動詞**」的結構
呈現，在句子裡具有名詞的功能。

⑩ 你住在哪裡？ → **這是個句子**

Where do you live?

你住在哪裡 → **這是個名詞詞組**

where you live

名詞片語就是具有名詞功能的詞組

⑩ **I don't know** 什麼 **your name.**

我不知道 你的名字（名詞）

I don't know 什麼 **where you live.**

我不知道 你住在哪裡

（一個具有名詞功能的名詞詞組）

▷ I don't know where Naomi is.

▷ Tell me where you live.

▷ I know how high Mt. Fuji is.

▷ Do you know how old Matsumoto Castle is?

▷ Do you know who that boy is?

▷ I don't know how many bags I have.

間接問句 2
I don't know what is...
我不知道～什麼。

TR71.mp3

重點
說明
疑問詞也可能當名詞子句的主詞，其句構比照一般
肯定句。

我不知道這盒子裡有**什麼**。
I don't know what's in this box.

Pattern

I don't know　what　**動** .
疑問詞

✏ 先學起來吧！

safe [sef] 保險箱
anybody [ˋɛnɪˏbɑdɪ] 任何人
house [haʊs] 房子，家
what's keeping [ˋ(h)wɑts ˋkipɪŋ] 什麼妨礙了～
what was in the letter [ˋ(h)wɑt wɑzɪn ðə ˋlɛtɚ] 信封裡有什麼
what happened to [ˋ(h)wɑt ˋhæpən tu] ～（某人）發生什麼事／怎麼了

own [on] 擁有～
I wonder [aɪ ˋwʌndɚ] 我想知道～

── 實用例句 ──

1 我不知道這保險箱裡有什麼。

2 有人知道誰住在這房子裡嗎？

3 我想知道這房子的屋主是誰。

4 我想知道什麼原因讓我們的巴士卡住不動了。

5 告訴我信的內容。

6 你知道池上先生發生了什麼事嗎？

Point

● 「疑問詞 + 動詞～？」是個疑問詞引導的疑問句。在寫出一個疑問句時，開頭字母必須大寫。然而，如果將這個開頭字母變成小寫，那就變成一個名詞片語，在句中擺在名詞的位置。

例 箱子裡有什麼？　　 **→ 這是個句子**

What's in this box?

箱子裡的東西　 **→ 這是個名詞詞組**

what's in this box

● 如果疑問詞本身可以放在句首當句子的主詞，那麼形成疑問句時也可以是「主詞 + 動詞」的結構，不須調整其順序。

例 **Tony is in this room.** 　東尼在這房間裡。

主詞 + 動詞

Who is in this room? 　誰在這房間裡？

主詞 + 動詞

who is in this room 　誰在這房間裡

主詞 + 動詞

▷ **I don't know what's in this safe.**

▷ **Does anybody know who lives in this house?**

▷ **I want to know who owns this house.**

▷ **I wonder what's keeping our bus.**

▷ **Tell me what was in the letter.**

▷ **Do you know what happened to Mr. Ikegami?**

72

關係代名詞：who
that boy who is speaking English
那位正在講英文的男孩

TR72.mp3

> **重點說明**
> 這裡的 who 並非疑問詞，而是「關係代名詞」，用來代替前面的名詞。當你要說明「誰」怎樣時，可以用此句型。

我認識**那個正在講英文的男孩**。
I know **that boy who is speaking English.**

Pattern　　that boy　　　who　　　動.
　　　　　　　　　人　　　　關係代名詞

✏️ 先學起來吧！

really [ˋrɪəlɪ] 真正地

baby [ˋbebɪ] 嬰孩

one year old [ˋwʌn ˏjɪr ˋold] 1 歲

girl [gɝl] 女孩

實用例句

1 我認識那個正在彈鋼琴的男孩。

2 那個正在彈鋼琴的男孩是我的朋友。

3 我認識那個真正喜歡你的男孩。

4 喜歡我的寶寶一歲大了。

5 我認識正在和東尼一起打網球的女孩。

6 任何喜歡網球的人都認識你。

● 當前面的名詞是「人」時要用 who，文法上我們稱這個名詞為「先行詞」。

● 了解句子結構以及詞組的概念有助於理解關係代名詞。在名詞與動詞之間放進 who 時，可以形成一整個具有名詞功能的詞組。

  例 那個男孩正在講英文。　**→ 這是個句子**

  That boy is speaking English.

  那個正在講英文的男孩　**→ 這是個名詞詞組**

  that boy who is speaking English

● 具有名詞功能的詞組（名詞詞組），可以擺在句子的主詞位置。

  例 那個正在講英文的男孩是東尼。

  That boy who is speaking English is Tony.

  具有名詞功能的詞組

▷ **I know that boy who is playing the piano.**

▷ **That boy who is playing the piano is my friend.**

▷ **I know that boy who really likes you.**

▷ **My baby who likes me is one year old.**

▷ **I know that girl who is playing tennis with Tony.**

▷ **Anybody who likes tennis knows you.**

關係代名詞：which
a watch which was made in Japan
日本製的手錶

TR73.mp3

 重點說明　當前面的名詞是「事物」時，你可以在後面用 which 來進一步給予說明。

我有**一支日本製的手錶**。
I have a watch which was made in Japan.

Pattern ▶

a watch 　 which 　 動
⑰　　　關係代名詞

✏️ 先學起來吧！

cake [kek] 蛋糕

silk [sɪlk] 絲織物

strong [strɔŋ] 濃的

a cup of [ə`kʌpəv] 1 杯的

coffee [`kɔfi] 咖啡

be right for [bi `raɪt fɔr] 正合～（某人）

nearby [`nɪrbaɪ] 在附近

at night [æt `naɪt] 在夜晚

實用例句

1　我想要這張木製桌子。

2　這是最豐富的蛋糕。

3　這是最上等的絲綢裙子。

4　我喝了一杯濃咖啡。

5　我找到了一份適合我的工作。

6　我晚上去附近的那家便利商店。

● 當前面的名詞是「物」或「動物」時，後面要用 which，接著就可以將「名詞 **+ which +** 動詞 **...**」形成一個名詞詞組。

例 一支手錶在日本製造。　**→ 這是個句子**

A watch was made in Japan.

一支在日本製造的手錶　**→ 這是個名詞詞組**

a watch which **was made in Japan**

▷ **I'd like this desk which was made of wood.**

▷ **This is the cake which is the richest.**

▷ **This is the best dress which was made of silk.**

▷ **I drink a cup of coffee which is strong.**

▷ **I found a job which is right for me.**

▷ **I go to the convenience store which is nearby at night.**

Pattern
74

關係代名詞：**whose**
a lady whose name is Kaoru
一位名字是薰的小姐

TR74.mp3

重點
說明

當前面的名詞是「人」或「事物」時，都可以用
whose（誰的）來說明。

我遇到<u>一位名叫薰的女生</u>。
I met a lady whose name is Kaoru.

Pattern ▶
    a lady   whose   名 動
    人 物   關係代名詞

先學起來吧！

somebody [ˋsʌm͵bɑdɪ] 某人
whose [huz] 誰的
look like [ˋlʊk ˋlaɪk] 看起來像～

doctor [ˋdɑktɚ] 醫生
nurse [nɝs] 護士
caregiver [ˋkɛrgɪvɚ] 看護

實用例句

1　我認識一個他父親長得很像你的人。

2　我認識一個他母親是醫生的朋友。

3　我有一個朋友，他的父親網球打得很好。

4　你們有認識其母親在當護士的人嗎？

5　我有一個他母親在當保姆的朋友。

6　我有一隻名叫鮑勃的狗。

● a lady ＋ ? ＋ name is Kaoru

如果能夠了解這個句子的 ? 部分是「的」意思，你就可以將 **whose** 填入。

例 一位女子的名字是薰。 　→ 這是個句子

A lady's name is Kaoru.

一位名叫薰的女子 　→ 這是個名詞詞組

a lady whose name is Kaoru

● 關係代名詞 **whose** 前面的名詞可能是人，也可能是事物。

這個重要！

somebody 和 **anybody** 意思非常接近，但 somebody 多用於肯定句中，而 anybody 多用於否定及疑問句中。

▷ **I know somebody whose father looks like you.**

▷ **I know a friend whose mother is a doctor.**

▷ **I have a friend whose father plays tennis well.**

▷ **Do you know anybody whose mother is a nurse?**

▷ **I have a friend whose mother is a caregiver.**

▷ **I have a dog whose name is Bob.**

Pattern
75

關係代名詞：that
somebody/something
that you like
你喜歡的某人／某事物

TR75.mp3

重點
說明

當前面的名詞是「人」或「事物」時，你都可以在這個名詞後面用 that 來說明。

我認識**你喜歡的某人**。
I know somebody that you like.

Pattern ▶ somebody/something　　that　　you like
人 物　　　　　關係代名詞

for a long time [fɔr əˋlɔŋ ˋtaɪm]（持續了）一段長時間

實用例句

1 我喜歡上你喜歡的人。

2 我已經讀過你正在讀的那本書。

3 你想要我擁有的這個包包嗎？

4 你想要我昨天買的這個包包嗎？

5 你認識我喜歡的任何人嗎？

6 這是我想要很久了的包包。

Point

● 關係代名詞 **that** 可以用來取代 who、whom、which。此外，其
先行詞可以是「人」、「動物」或「事物」。

例 (a) 你喜歡某人。　**→ 這是個句子**

You like somebody.

你喜歡的某人　**→ 這是個名詞詞組**

somebody that **you like**

人

(b) 你喜歡那隻狗。　**→ 這是個句子**

You like that dog.

你喜歡的那隻狗　**→ 這是個名詞詞組**

that dog that **you like**

動物

▷ I like somebody that you like.

▷ I have already read the book that you are reading.

▷ Do you want this bag that I have?

▷ Do you want this bag that I bought yesterday?

▷ Do you know anybody that I like?

▷ This is the bag that I have wanted for a long time.

連接詞：if
If + 現在式句子
如果～

TR76.mp3

重點說明 當我們要表達一種可能性，或是某種條件可能成立時，可以用連接詞 if 來表示「條件」。

如果你快樂，我也會快樂。
If you're happy, I'm happy.

Pattern ▶ If + 現在式的句子，**句子** .

✏️ 先學起來吧！

if [ɪf] 如果

go on ahead [`go `ɑn ə`hɛd] 繼續進行

late [let] 遲到的

catch the first bus [`kætʃ ðə `bʌs] 趕上第一班公車

if it's convenient [ɪ`fɪts kən`vinjənt] 如果方便的話

if everything goes well [ɪf `ɛvrɪˌθɪŋ goz `wɛl] 如果一切順利的話

實用例句

1 如果我遲到了，請繼續進行。

2 如果明天下雨，我會待在家裡。

3 如果你現在離開，你會趕上第一班公車。

4 如果你方便的話，我明天想跟你見面。

5 如果你想去澀谷，你應該搭地鐵。

6 如果一切順利的話，你將能夠見到尤加莉。

Point

● if 的意思是「如果～」，可以有以下兩種用法：

(a) **If you are happy, I'm happy.**

(b) **I'm happy** if **you're happy.**

● 如果擔心句子太長難看懂，可以用「逗號（,）」來斷句。
念出此句時，可以在「逗號」的位置稍微升調。

！容易出錯的！

will 可以用來表達「意志」。但在 if 子句中，除非句意上要表現意志，否則即使有 tomorrow 表示未來，也不能加入 will 在子句中。

⑩ 如果明天下雨，我會待在家裡。

If it rains **tomorrow, I'll stay home.**

在高中英文的階段，確實會看到副詞子句中使用助動詞 will，表示「將要去做～」。然而。在國中階段還沒有教 will 表意志的用法，一般來說我們在這子句中，還是用現在式代替未來式。

▷ **If I'm late, please go on ahead.**

▷ **If it rains tomorrow, I'll stay home.**

▷ **If you go now, you will catch the first bus.**

▷ **If it's convenient for you, I'd like to see you tomorrow.**

▷ **If you want to go to Shibuya, you should take the subway.**

▷ **If everything goes well, you will be able to meet Yukari.**

與現在事實相反的假設法
If + 過去式句子
如果…

TR77.mp3

重點說明　這句是用來表達與現在事實相反（或未來發生的可能性很低）的假設語氣。

如果我**去**東京，我**可以**見到尤加莉。
If I went to Tokyo, **I could** see Yukari.

Pattern ▶ **If +** 過去式的句子 **, I could** 原.

✏️ 先學起來吧！

one thousand yen [`wʌn `θaʊznd jɛn] 日幣 1,000 元
for five hours [fɔr `faɪv `aʊrz]（持續）五個小時
If I were you [ɪ`faɪ wɚ`ju] 如果我是你的話
I wouldn't do [aɪ`wʊdn̩t du] 我不會去做～
such a thing [`sʌtʃə `θɪŋ] 這樣的事　　　**pass** [pæs] 通過～

實用例句

1　如果我有一千元日幣，我可以買這支筆。

2　如果我有去那裡，我就可以和直美一起打網球。

3　如果我有車，就可以開車送你回家。

4　如果我有兩支筆，我會給你一支。

5　如果你每天念五個小時的書，你就會通過考試。

6　如果我是你，我不會做這樣的事。

● 在英文文法中，此句稱為「與現在事實相反的假設」句。

條件子句中的動詞使用<u>過去式</u>，是為了表現「<u>幾乎沒有可能性</u>」的假設語氣。

> 使用過去式動詞，似乎是展現過去都過去了，不可能
> 再回來了的效果（所以是不太可能再發生了）。

● 在逗號（,）之後緊跟著的主要子句，其主詞後面可能用 **could** 或 **would** 來表示「可能～，或許～」。此外，could 與 would 也可以縮寫成「**'d**」。

● 這裡的 if 假設語氣的句子，用來表達「完全不可能」或「可能性非常低」的事情。

▷ **If I had one thousand yen, I could buy this pen.**

▷ **If I went there, I could play tennis with Naomi.**

▷ **If I had a car, I could drive you home.**

▷ **If I had two pens, I'd give you one.**

▷ **If you studied for five hours every day, you would pass the test.**

▷ **If I were you, I wouldn't do such a thing.**

Pattern

78

假設法：wish

I wish I could...

但願我可以～

TR78.mp3

重點說明　當我們要表達願望時，可以用 wish。
後面要用過去式的動詞／助動詞。

我希望我會講英文。
I wish I could speak English.

Pattern ▶　I wish I could 原.

✏️ 先學起來吧！

stop raining [ˋstɑp ˋrenɪŋ] 雨停了　　**fly freely** [ˋflaɪ ˋfrilɪ] 自由地飛

like you [ˋlaɪkju] 像你一樣　　**in the sky** [ɪn ðə ˋskaɪ] 在天空中

實用例句

1　但願我能說一口流利的英語。

2　我希望太陽會出來。

3　我希望雨可以停止。

4　但願我可以像你一樣跳舞。

5　但願我能在天空中自由飛翔。

6　我希望直美在這裡。

> **Point**

● 可以用這個句型來表達「**但願我可以～**」。

這是表現一種期盼，而非事實的狀態。我們可以用以下的例子來了解：

例 願望　I wish I could **speak English.**

　　事實　I'm sorry I can't **speak English.**

　　　　我很遺憾，我不會講英文。

● 在假設語氣的條件句中，如果動詞是 be 動詞，傳統上都是<u>一律使用 were</u>，不過在現代美語會話中，使用 was 也很常見。

▷ **I wish I could speak English well.**

▷ **I wish the sun would come out.**

▷ **I wish it would stop raining.**

▷ **I wish I could dance like you.**

▷ **I wish I could fly freely in the sky.**

▷ **I wish Naomi was/were here.**

Pattern **79**	授予動詞句型 1

give + 人 + 物

給…（某人某物）

TR79.mp3

重點說明 當我們要表達給予某人什麼東西時，可以用「授予動詞 + 人 + 物」的句型。

我會給你這本書。
I'll give you this book.

Pattern ▶ I'll give + 人 + 物 .

✐ 先學起來吧！

gave [gev] give（給予～某人某物）的過去式

to [tu] 對於～

tell [tɛl] 告訴（～某人某事）

the way to [ðə `we tu] 前往～的路

show [ʃo] 展現（～某物給某人看）

實用例句

1 我給了薰一輛腳踏車。

2 我把一輛腳踏車給了薰。

3 你能告訴我到松本城堡怎麼走嗎？

4 教我英文。

5 給我教英文。

6 讓我看一下你的車。

Point

● 授予動詞可用於「動詞＋＋」的句型，為五大句型中的「S ＋ V ＋ IO ＋ DO」。

主詞＋動詞＋間接受詞（人）＋直接受詞（物）	給 展示 教導 告訴，告知 送（給） 寫（給）	give show teach tell send write	人 ＋ 物

● 這個句型亦可轉換為「動詞＋物＋to＋人」，為屬於授予動句型的「S ＋ V ＋ DO ＋ prep. ＋ IO」。

主詞＋動詞＋直接受詞（物）＋介系詞＋間接受詞（人）	給 展示 教導 告訴，告知 送（給） 寫（給）	give show teach tell send write	物 ＋ to ＋ 人

這個重要！

give ＋ 人 ＋ 物 ➜ 把東西直接給某人的含意

give ＋ 物 ＋ to ＋ 人 ➜ 如果先放「物」，後面要接「給誰」，所以要先有 to（指出對象）。如此看來，無法明確表達東西是直接給了某人（也許經由第三者的轉交）。

▷ **I gave Kaoru a bike.**

▷ **I gave a bike to Kaoru.**

▷ **Would you tell me the way to Matsumoto Castle?**

▷ **Teach me English.**

▷ **Teach English to me.**

▷ **Show me your car.**

授予動詞句型 2
make + 物 + for + 人
給…（某人）做…（某物）

TR80.mp3

重點
說明

當我們要表達給「誰」做「什麼」東西時，這是一種「授予」的動作，動詞後面可以先放「東西」，再放 for 或 to，最後再接「人」。

我會**做**一件洋裝給你。
I'll make a new dress for you.

Pattern ▶   I'll make + 物 for 人 .

 先學起來吧！

new [nju] 新的   **tie** [taɪ] 領帶
chair [tʃɛr] 椅子

實用例句

1 我會給你做一張新的椅子。

2 我會做一張新的椅子給你。

3 給我找份工作。

4 找份工作來給我做。

5 我會買給你這條領帶。

6 我會買這條領帶給你。

Point

● 可用於此句型的授予動詞如下：

主詞 + 動詞 + 直接受詞（物）+ 介系詞 + 間接受詞（人）	做	給	make	物 + for + 人
	買	給	buy	
	煮	給	cook	
	建造	給	build	
	拿	給	get	
	找到	給	find	

● 此句型亦可轉換為「主詞 + 動詞 + 人 + 物」。

主詞 + 動詞 + 間接受詞（人）+ 直接受詞（物）	做	給	make	人 + 物
	買	給	buy	
	煮	給	cook	
	建造	給	build	
	拿	給	get	
	找到	給	find	

💡 **這個重要！**

這個句型中的介系詞 **to** 可傳達出「很快就要把東西給對方」的意思，而如果是 **for** 的話，表示你是先把東西準備好，也許擇時再將你手上的東西給對方。

▷ I'll make you a new chair.

▷ I'll make a new chair for you.

▷ Find me a job.

▷ Find a job for me.

▷ I'll buy you this tie.

▷ I'll buy this tie for you.

知覺／使役動詞句型

see +  + 原形動詞

看見…（某人）在做某事

TR81.mp3

重點
說明

與人體五官有關的動詞，像是「看、聽」，稱為知覺（或感官）動詞。而表示「使某人去做某事」的動詞稱為使役動詞。

我昨天**看見葵在跳舞**。

I saw Aoi dance yesterday.

Pattern ▶

I see + 原 .

✏️ 先學起來吧！

son [sʌn] 兒子
go out [go`aʊt] 外出
often [`ɔfn̩] 經常
say so [`se `so] 這麼說
do your homework [`du jʊr `hom͵wɝk] 做你的家庭作業

let me [`lɛt mi] 讓我
heard [hɝd] hear [hɪr]（聽到～）的過去式
saw [sɔ] see（看見～）的過去式
made [med] make（製造～）的過去式

實用例句

1 我看著我兒子到外面去了。

2 我經常聽到你這樣說。

3 我經常看到葵在跳舞。

4 讓我看一看。

5 我要我兒子每天念十個小時的書。

6 我會幫你做作業。

Point

● 在使用這個句型時，**第二個動詞**（「人」後面這個動詞）必須用原形動詞。

看見～	see	
聽見～	hear	
看著～	watch	人 + 原
讓，允許～	let	
使得～	make	
幫助～	help	

● 這裡使用原形動詞的原因為：

我看見（I saw） **什麼** 薰在跳舞（Aoi dance）。

也就是說，主詞是「我」，而不是「薰」（=受詞），受詞後面要接「受詞補語」，而原本是以當形容詞的「不定詞（to-V）」表現，但在這類句型中，to 會被省略掉，因此看似以**原形動詞**（dance）來作為受詞補語。

▷ I watched my son go out.

▷ I often heard you say so.

▷ I often saw Aoi dance.

▷ Let me see it.

▷ I made my son study for ten hours every day.

▷ I'll help you do your homework.

表達「情感」的句型
I'm sure that~.
我確信…（什麼事）

TR82.mp3

重點說明 這裡的形容詞用來表達情感或感覺，可以在後面加「that + 理由句」進一步說明為什麼會產生這種情感或感覺。

> 我確信你會通過這項測試。
> **I'm sure that you'll pass the test.**

Pattern ▶ I'm sure that + 句子 .

✏️ 先學起來吧！

sad [sæd] 悲傷的

succeed [sək`sid] 成功

fail [fel] 失敗

I'm afraid that [aɪm ə`fred `ðæt] 我恐怕 / 擔心～

sure [ʃjur] 確定的

surprised [sə`praɪzd] 感到驚訝的

實用例句

1　我很開心你在這裡。

2　我很難過你沒有通過考試。

3　我確信你會成功的。

4　很抱歉，我來晚了。

5　恐怕就快要下雨了。

6　我很驚訝你考照沒過。

Point

● 在這個句型中，**that** 要表達的是「～的事情」，所以它引導的這個子句是個具有名詞功能的詞組。

I'm sure 什麼 that + you'll pass the test.

完整句子

● 常用於此句型的形容詞有：

happy	快樂的	sorry	感到抱歉的，遺憾的
sad	悲傷的	afraid	擔心的，害怕的
sure	確信的	surprised	感到驚訝的

● 一般來說，在口語會話中會省略 that，而在撰寫文章中會保留 that。

容易出錯的！

I'm afraid that + 完整句子 . = I'm afraid of + 名詞 .

如果 I'm afraid 後面緊接介系詞 of 的話，後面就得放名詞（片語）。因為 of 也有「來自～」的意思，這兩種表現方式可依句意來做解釋。

▷ I'm happy that you're here.

▷ I'm sad that you failed the test.

▷ I'm sure that you'll succeed.

▷ I'm sorry that I'm late.

▷ I'm afraid that it will rain soon.

▷ I'm surprised that you failed the driving test.

表達「想法」的句型
I think that~.
我認為…（什麼事）

TR83.mp3

重點
說明
將「that + 句子」放在一些動詞的後面，可以更詳盡表達自己的想法或意見等。

我認為你（們）是日本人。
I think that you are Japanese.

Pattern ▶ **I think that + 句子** .

✎ 先學起來吧！

think [θɪŋk] 思考
American [ə`mɛrɪkən] 美國人
understand [ˌʌndə`stænd] 理解，明白～
moving to [`muvɪŋ tu] 即將遷移至～
get a driver's license [`gɛtə `draɪvə-z`laɪsn̩s] 取得駕照
on one's first try [ɑn`wʌnz `fɝst`traɪ] 在某人第一次嘗試時

know [no] 知道，認識
believe [bɪ`liv] 相信
support [sə`port] 支持

實用例句

1 我認為東尼是個美國人。

2 我知道你住在這房子裡。

3 我相信你是我的朋友。

4 我明白你在支持我。

5 我得知您要搬到丹波藤山去。

6 我聽說薰第一次考駕照就上了。

Point

● 記住以下動詞可用於「**動詞 + that + 完整句子**」的句型。

想到，認為～	**think** that ~
了解到，知道～	**know** that ~
相信，認為～	**believe** that ~
明白，了解到～	**understand** that ~
聽到～	**hear** that ~

● 一般來說，除了在書寫的文章中，很常會將 that（那個…）省略掉。用中文的角度思考的話其實很容易理解。當我們說「我知道…（什麼事）」時，我們不會說出「我知道那個…」。但是在寫作中，寫出 that 會讓人更清楚了解「我知道那件事」。

💡 這個重要！

在「主詞 + 動詞 + that 子句」的句型中，如果主詞是 **she**，那麼在 **that** 子句中有需要表達 **one's** 的話，應使用 **her**。

▷ I think that Tony is American.

▷ I know that you live in this house.

▷ I believe that you are my friend.

▷ I understand that you are supporting me.

▷ I understand that you are moving to Tamba-Sasayama.

▷ I hear that Kaoru got a driver's license on her first try.

表達「看起來」的句型
You look~.
你看起來…（怎樣）。

TR84.mp3

重點
說明

在這句型中，look 是「看起來」的意思。
也就是說，you = happy 樣子。
look 在這裡就好像是個 be動詞一樣。

你**看起來**很快樂。
You look happy.

Pattern ▶ You look 形 .

 先學起來吧！

look [lʊk] 看起來～（什麼樣子）
look like [`lʊk laɪk] 看起來像是～

實用例句

1 你看起來是忙碌的。

2 你看起來是疲累的。

3 你看起來很傷心。

4 你看起來很快樂。

5 你看起來很像你父親。

6 看起來是要下雨了。

● like 的意思是「像是〜」。

由於它是個介系詞，後面必須接名詞。

look ＋形容詞　看起來〜（呈現某種樣子或狀態）

look like ＋名詞　看起來像〜，似乎像〜

例 **You** look **happy.**
　　　　　形容詞

You look like **your mother.**
　　　　　　　　名詞

▷ **You look busy.**

▷ **You look tired.**

▷ **You look very sad.**

▷ **You look very happy.**

▷ **You look like your father.**

▷ **It looks like rain.**

連接詞：when

When I ~,

當我…的時候，

TR85.mp3

重點
說明

when 要表達的是「當…（某事發生）」的時間點。
連接詞可以用來連接兩個句子。

當我七點起床時，正在下雨。
When I got up at seven, it was raining.

Pattern ▶ When + 句子 , 句子 .

先學起來吧！

come back [ˋkʌm bæk] 回來
arrive at [əˋraɪˌvæt] 抵達～
stop by [ˋstɑp baɪ] 順道來訪
come to [ˋkʌm tu] 回到～
junior high school [ˋdʒunjɚ haɪ skul] 國中，初中

student [ˋstjudņt] 學生
be good at [bi ˋgʊˌdæt] 擅長～
take it home [ˋtekɪt ˋhom] 把牠帶回家

實用例句

1 我回來的時候，你正在看電視。

2 當你抵達大阪站時，請打電話給我。

3 請告訴我您何時會抵達大阪站。

4 當你來到丹波筱山時，請順道過來一趟。

5 當我還是國中生時，我的英文就很好了。

6 當河津先生發現一隻黑貓時，他想把牠帶回家。

Point

● when（當⋯時候）有兩種表達方式：

(a) When I got up at seven, it was raining.

(b) It was raining when I got up at seven.

● 如果句子太長不易閱讀，可以用「逗號（,）」來斷句。

念出此句時，可以在「逗號」的位置稍微升調。

容易出錯的！

在「when + 主詞 + 動詞」（表示「當⋯時候」）的副詞子句中，如果要表示未來的事件，可以用現在式代替未來式。不過，當你要表達「什麼時候」（when 引導名詞子句時），未來的事件就必須用未來式來表達，即「when + 主詞 + will + 動詞」。

例 我不知道我父親什麼時候會回來。

I don't know when my father will come back.

▷ When I came back, you were watching TV.

▷ When you arrive at Osaka Station, please call me.

▷ Please tell me when you will arrive at Osaka Station.

▷ When you come to Tamba-Sasayama, please stop by.

▷ When I was a junior high school student, I was good at English.

▷ When Mr. Kawazu found a black cat, he wanted to take it home.

理由：because

···because~.

···因為～。

TR86.mp3

重點說明

這個句型用來說明理由。
連接詞 because 用於「because + 句子」的結構中。

我喜歡你，**因為**你人很好。
I like you because you're kind.

Pattern ▶　　　句子 because 句子 .

✎ 先學起來吧！

why [(h)waɪ] 為何

because [bɪˋkɔrs] 因為，理由是～

crying [ˋkraɪɪŋ] 正在哭泣

climb [klaɪm] 攀登～

實用例句

1 「你在哭什麼？」

2 「我哭是因為我很開心。」

3 「你為什麼要爬富士山？」

4 「因為它是日本最美的山。」

5 我要去睡覺是因為我累了。

6 我要去睡覺了，因為我累了。

● because 的前面是否有逗號（,），意義上有些微的差異。

有加逗號的話，表示你想針對前面那句話更清楚地說明理由。

因為，「逗號」會讓你稍作停頓，然後些微提高下一個字的聲調，

同時指出這句話還沒講完，讓對方不會漏掉你要說的話。

例 我喜歡你是因為你人很親切。

I like you because **you're kind.**

我喜歡你，因為你人很親切。

I like you, because **you're kind to others.**

● 當你被問到 **Why...?**（為什麼～？）時，可以直接用「**Because**
+ 主詞 + 動詞」來回答。

例 Why **do you study English?**

為什麼你要讀英文？

Because **I want to live in America.**
　　　　主詞　　　　動詞

因為我想去美國居住。

▷ "Why are you crying?"

▷ "I'm crying because I'm happy."

▷ "Why do you climb Mt. Fuji?"

▷ "Because it's the most beautiful mountain in Japan."

▷ I'm going to bed because I'm tired.

▷ I'm going to bed, because I'm tired.

「S + V + O + C」句型
make + 人 + happy
使某人快樂

TR87.mp3

重點
說明

如果一個受詞（名詞）後面必須再加一些字（受詞 + 受詞補語）句意才會完整，那就是「S + V + O + C」句型。

我會**使你快樂**。
I'll **make you happy.**

Pattern ▶ make 人 happy
形容詞
（也可以是名詞）

✏️ 先學起來吧！

wall [wɔl] 牆壁

white [hwaɪt] 白色的

waiting long [ˋwetɪŋ ˋlɔŋ] 長時間等待

open [ˋopən] 開啟

實用例句

1. 讓我開心。

2. 叫我湯姆。

3. 河津先生將他的黑貓取名為「蜜蜂」。

4. 把這面牆漆成白色的。

5. 我讓你久等了嗎？

6. 讓這扇門開著吧。

Point

● 請以下面的例句來理解這個句型。

make you (are) happy

動詞 + 受詞   形容詞/名詞

例 I'll make you happy.

我將 使   你   處於快樂的狀態

可用於此句型的動詞

make 人 形／名	使人 + 形／名
call 人 形／名	稱呼人 + 形／名
name 人 形／名	取名人 + 形／名
paint 物 形／名	將 物 + 漆成 形／名
keep 人 形／名	使人 + 保持 形／名 狀態
leave 人 形／名	使人 + 處於 形／名 狀態

英文裡的 5 大基本句型

	主詞	動詞	be 動詞	名詞	形容詞
S + V	I	run			
S + V + SC	You		are	名詞也 OK	happy
S + V + O	I	like		apples	
				人 you	
S + V + IO + DO	I	give		物 this book	
S + V + O + OC	I	make		人 you	happy

▷ **Make me happy.**

▷ **Call me Tom.**

▷ **Mr. Kawazu named his black cat Bee.**

▷ **Paint this wall white.**

▷ **Have I kept you waiting long?**

▷ **Leave this door open.**

筆記欄

Chapter 3

練習題

No.1

PR01.mp3

1 我昨天很忙。
〔 was / yesterday / I / busy 〕.

_____

2 我今天有空。
〔 I / free / today / am 〕.

_____

3 我明天會很忙。
〔 will / I / tomorrow / busy / be 〕.

_____

4 我從昨天到現在一直都是有空的。
〔 I / yesterday / have / free / since / been 〕.

_____

5 五郎和我是好朋友。
〔 and / I / Goro / friends / good / are 〕.

_____

6 我們來自加拿大。
〔 are / Canada / from / we 〕.

_____

1 I was busy yesterday.
2 I am free today.
3 I will be busy tomorrow.
4 I have been free since yesterday.
5 Goro and I are good friends.
6 We are from Canada.

PR02.mp3

7 東京鐵塔位於東京市。
〔 **Tower / Tokyo / in / is / Tokyo** 〕.

8 我的房間有兩個窗戶。
〔 **are / two / my / in / room / windows / there** 〕.

9 東尼現在正在做什麼？
〔 **is / Tony / now / what / doing** 〕?

10 你母親在做什麼工作？
〔 **what / your / does / do / mother** 〕?

11 你現在在哪裡？
〔 **you / are / now / where** 〕?

12 你昨晚在哪裡？
〔 **night / you / were / where / last** 〕?

7 Tokyo Tower is in Tokyo.
8 There are two windows in my room.
9 What is Tony doing now?
10 What does your mother do?
11 Where are you now?
12 Where were you last night?

13 那麼，我就給你這本書。
〔 then / you / I / will / book / this / give 〕.

14 那麼，我把這本書給你吧。
〔 then / to / you / I / give / this / book / will 〕.

15 教我美式英語。
〔 me / English / teach / American 〕.

16 教我美式英語。
〔 me / to / English / American / teach 〕.

17 那麼，我給你泡些茶。
〔 then / will / I / you / make / tea / some 〕.

18 那麼，我泡些茶給你喝。
〔 then / will / you / I / some / make / tea / for 〕.

13 Then I will give you this book.
14 Then I will give this book to you.
15 Teach me American English.
16 Teach American English to me.
17 Then I will make you some tea.
18 Then I will make some tea for you.

PR04.mp3

19 我看見葵在舞台上跳舞。
〔 I / Aoi / saw / dance / stage / on / the 〕.

20 你可曾聽過五郎唱歌嗎？
〔 you / have / heard / ever / Goro / sing 〕?

21 我會讓你開心。
〔 will / I / you / happy / make 〕.

22 請叫我肯。
〔 please / me / Ken / call 〕.

23 請把這面牆漆成白色的。
〔 please / wall / this / white / paint 〕.

24 我們給兒子取名為慎太郎。
〔 named / our / son / we / Shintaro 〕.

19 I saw Aoi dance on the stage.
20 Have you ever heard Goro sing?
21 I will make you happy.
22 Please call me Ken.
23 Please paint this wall white.
24 We named our son Shintaro.

25 我很開心遇見你。
〔 am / I / to / you / meet / happy 〕.

---

26 很高興再次見到你。
〔 I / to / you / see / again / am / glad 〕.

---

27 我很遺憾聽到這件事。
〔 to / I / sorry / am / that / hear 〕.

---

28 彈鋼琴對我來說很容易。
〔 for / piano / the / easy / it / is / me / play / to 〕.

---

29 我不想去東京。
〔 don't / I / to / to / go / Tokyo / want 〕.

---

30 我父親知道如何善用電腦。
〔 knows / father / use / a / my / to / how / computer / well 〕.

---

25 I am happy to meet you.
26 I am glad to see you again.
27 I am sorry to hear that.
28 It is easy for me to play the piano.
29 I don't want to go to Tokyo.
30 My father knows how to use a computer well.

PR06.mp3

31 加拿大大約是日本的 27 倍大。
〔 is / about / Canada / as / as / twenty-seven / Japan / large / times 〕.

32 我沒有你那麼高。
〔 I / not / as / am / tall / as / you / are 〕.

33 富士山是日本最高的山。
〔 Mt. / Japan / Fuji / mountain / highest / the / in / is 〕.

34 我的日文說得比英文好。
〔 I / speak / can / better / English / Japanese / than 〕.

35 我不知道你住在哪裡。
〔 I / you / where / live / don't / know 〕.

36 我想知道這盒子裡有什麼。
〔 I / to / in / this / want / box / know / what / is 〕.

31 Canada is about twenty-seven times as large as Japan.
32 I am not as tall as you are.
33 Mt. Fuji is the highest mountain in Japan.
34 I can speak Japanese better than English.
35 I don't know where you live.
36 I want to know what is in this box.

PR07.mp3

37 你去過熊本城堡嗎？
〔 you / been / have / to / Kumamoto / ever / Castle 〕**?**

---

38 我還沒有讀完這本書。
〔 yet / I / reading / haven't / finished / book / this 〕**.**

---

39 這場雨已經下了兩天了。
〔 has / raining / it / two / days / for / been 〕**.**

---

40 那個長頭髮的女孩是茱蒂。
〔 who / that / has / girl / long / is / hair / Judy 〕**.**

---

41 我喜歡那個頭髮很短的男孩。
〔 like / boy / that / whose / is / short / very / I / hair 〕**.**

---

42 我認識的那個男孩也跟你很熟。
〔 well / too / , / I / that / know / boy / knows / you 〕**.**

---

37 Have you ever been to Kumamoto Castle?
38 I haven't finished reading this book yet.
39 It has been raining for two days.
40 That girl who has long hair is Judy.
41 I like that boy whose hair is very short.
42 That boy I know knows you well, too.

No.8

43 我對英文有興趣。
　〔 am / in / I / English / interested 〕.

___

44 我對這消息感到驚訝。
　〔 am / I / at / the / news / surprised 〕.

___

45 那座山丘被雪覆蓋著。
　〔 hill / covered / that / is / with / snow 〕.

___

46 這張桌子是木頭做的。
　〔 desk / wood / is / of / this / made 〕.

___

47 我希望幸子在這裡。
　〔 wish / I / Sachiko / here / were 〕.

___

48 如果我有 1000 塊日幣，我可以買這本書。
　〔 1,000yen / I / if / had / , / I / buy / book / this / could 〕.

___

43 I am interested in English.
44 I am surprised at the news.
45 That hill is covered with snow.
46 This desk is made of wood.
47 I wish Sachiko were here.
48 If I had 1,000 yen, I could buy this book.

PR09.mp3

49 我認識那個正在跑步的男孩。
〔 know / I / boy / that / running 〕.

50 我喜歡在那裡跑步的那個男孩。
〔 like / boy / that / I / there / over / running 〕.

51 我有很多書。
〔 have / books / of / lot / a / I 〕.

52 大多數學生都要念英文。
〔 students / study / most / English 〕.

53 幾乎所有的學生都要去上學。
〔 the / students / almost / all / to / go / school 〕.

54 大多數學生都喜歡茱蒂。
〔 like / most / students / of / the / Judy 〕.

49 I know that running boy.
50 I like that boy running over there.
51 I have a lot of books.
52 Most students study English.
53 Almost all the students go to school.
54 Most of the students like Judy.

PR10.mp3

55 我騎自行車去上學。
〔 go / school / by / to / bike / I 〕.

_____

56 我父親每天看電視。
〔 father / my / watches / day / TV / every 〕.

_____

57 我早上六點起床。
〔 get / at / up / six / morning / the / in / I 〕.

_____

58 我媽媽昨天來過這裡。
〔 mother / yesterday / came / my / here 〕.

_____

59 早餐後我都會看電視。
〔 I / watch / breakfast / after / TV 〕.

_____

60 我早餐前都會去念英文。
〔 I / before / study / breakfast / English 〕.

_____

Chapter 3 練習題

55 I go to school by bike.
56 My father watches TV every day.
57 I get up at six in the morning.
58 My mother came here yesterday.
59 I watch TV after breakfast.
60 I study English before breakfast.

筆記欄

index

句型索引

A

p174 **a lady whose name is Kaoru**
一位名字是薰的小姐

p172 **a watch which was made in Japan**
日本製的手錶

p032 **Are you...?**
你（們）是～嗎？

p072 **as... as...**
和～一樣～

B

p198 **... because...**
～因為～。

C

p128 **Can I...?**
我可以～嗎？

p122 **Can you...?**
你（們）可以～（做什麼）嗎？

p124 **Could you...?**
麻煩你（們）～（做什麼）好嗎？

D

p152 **..., do you?**
～，不是嗎？

p150 **..., don't you?**
～，是嗎？

`p044` **I am + V-ing.**
我正在〜（做某事）。

`p140` **I am able to...**
我能夠〜。

`p030` **I am not...**
我不是／沒有〜。

`p028` **I am...**
我是〜。

`p104` **I ask +人 + to...**
我拜託〜（某人去做某事）。

`p138` **I can...**
我可以〜。

`p040` **I don't + 原形動詞**
我不〜（做某事）。

`p120` **I don't have anything to...**
我沒有任何〜（做什麼）的東西。

`p168` **I don't know what is...**
我不知道〜什麼。

`p166` **I don't know where...**
我不知道〜在哪裡。

`p154` **I have + 過去分詞 + since...**
自從〜以來我已〜。

`p160` **I have already + 過去分詞...**
我已經〜。

`p158` **I have never + 過去分詞...**
我從未〜。

句型索引

index

句型索引

T

p170 **that boy who is speaking English**
那位正在講英文的男孩

p070 **the most... in/of...**
在～當中最～的

p068 **the...est in/of...**
在～當中最～的

p146 **Then I will...**
那麼我會～。

p096 **There is...**
有～。

p034 **This is...**
這是～。

W

p092 **What a...!**
真是～啊！

p046 **What is...?**
～是什麼？

p196 **When I...,**
當我～的時候，

p048 **When is...?**
～是什麼時候？

p054 **Where do you...?**
你～在哪裡？

台灣廣廈 國際出版集團
Taiwan Mansion International Group

國家圖書館出版品預行編目（CIP）資料

一本就通國中英文文法／長澤壽夫 著;
-- 初版 -- 新北市：國際學村，2023.03
面； 公分
ISBN 978-986-454-269-7（平裝）

1.英語學習. 2. 英文文法

805.16   112000070

 國際學村

一本就通國中英文文法

作　　者／長澤壽夫
翻　　譯／Emma Feng

編輯中心編輯長／伍峻宏
編輯／許加慶
封面設計／林珈仔・內頁排版／菩薩蠻數位文化有限公司
製版・印刷・裝訂／皇甫・秉成

行企研發中心總監／陳冠蒨
媒體公關組／陳柔彣
綜合業務組／何欣穎

線上學習中心總監／陳冠蒨
產品企製組／顏佑婷

發 行 人／江媛珍
法 律 顧 問／第一國際法律事務所 余淑杏律師・北辰著作權事務所 蕭雄淋律師
出　　版／國際學村
發　　行／台灣廣廈有聲圖書有限公司
　　　　　地址：新北市235中和區中山路二段359巷7號2樓
　　　　　電話：（886）2-2225-5777・傳真：（886）2-2225-8052

代理印務・全球總經銷／知遠文化事業有限公司
　　　　　地址：新北市222深坑區北深路三段155巷25號5樓
　　　　　電話：（886）2-2664-8800・傳真：（886）2-2664-8801
郵 政 劃 撥／劃撥帳號：18836722
　　　　　劃撥戶名：知遠文化事業有限公司（※單次購書金額未達1000元，請另付70元郵資。）

■出版日期：2023年03月
　　　　　2024年07月2刷

ISBN：978-986-454-269-7
版權所有，未經同意不得重製、轉載、翻印。

CHUGAKU EIGO GA 87 PATTERN DE MINITSUKU
© TOSHIO NAGASAWA 2022
Originally published in Japan in 2022 by ASUKA PUBLISHING INC.,TOKYO.
Traditional Chinese Characters translation rights arranged with ASUKA PUBLISHING INC.,TOKYO,
through TOHAN CORPORATION, TOKYO and JIA-XI BOOKS CO., LTD., NEW TAIPEI CITY.